修訂版

中學生文學精讀・李商隱

璧華　選注

責任編輯	張軒誦
書籍設計	道　轍
書籍排版	何秋雲

書　　名	**中學生文學精讀·李商隱**（修訂版）
選 注 者	璧　華
出　　版	三聯書店（香港）有限公司
	香港北角英皇道 499 號北角工業大廈 20 樓
	Joint Publishing (H.K.) Co., Ltd.
	20/F., North Point Industrial Building,
	499 King's Road, North Point, Hong Kong
香港發行	香港聯合書刊物流有限公司
	香港新界荃灣德士古道 220-248 號 16 樓
印　　刷	美雅印刷製本有限公司
	香港九龍觀塘榮業街 6 號 4 樓 A 座
版　　次	2022 年 4 月香港第一版第一次印刷
規　　格	特 16 開（150 × 210 mm）240 面
國際書號	ISBN 978-962-04-4940-6

目錄

凡例

一、本書精選詩人李商隱的代表作，供中學生、大專學生以及中國古典詩歌愛好者閱讀欣賞。

二、選詩盡可能按寫作年代先後為序，以俾讀者透過作品知悉作者的思想與創作的發展過程。

三、書前有前言，全面而系統地評介作者及其作品，令讀者得以統覽作者全人及作品全貌。

四、每首詩分題解、語譯、注釋、賞析等項，幫助讀者讀懂該詩。分別說明如下：

題解：解釋題意，揭示主旨，介紹時代背景、作者撰寫該詩時的思想與生活狀況，以及與作品有關的一些外緣資料。

語譯：文言語體並列，左右對照，方便讀者閱覽，譯詩保持詩的形式美：句子整齊，音韻和諧。

注釋：補充語譯中所無法表明者，盡量做到簡明扼要，一般不引經據典。

賞析：深入淺出地闡釋詩歌內涵，分析其表現手法。李商隱詩慣用象徵手法，一首詩可有多種詮釋，本書羅列其主要者，爾後提出己見。讀者可透過比較，深入理解該詩，增加閱讀興趣並提高詩歌鑑賞能力。

李商隱與中國情感文化

深知身在情長在，悵望江頭江水聲。

——李商隱《暮秋獨遊曲江》

中華民族是情感的民族，中國文化是情感的文化，所以中國詩歌是以抒情詩為其主流。誇張一點說，抽掉了抒情詩，中國就沒有詩了。在中國抒情詩中，有天倫（父母、兄弟姊妹、夫婦、子女）之情、有朋友之情、有鄉土之情、有家國之情、有歷史文化之情、有對大自然以及自然界萬物之情，但幾千年來禮教的束縛使得中國獨缺男女之間的戀情（準確地說應該是少到微不足道，而且絕大部分存在於樂府民歌之中），幸虧有李商隱，才把此一缺憾彌補上。在中國文學史中，能夠以詩歌如此深入而細緻地刻劃出禮教重壓下青年男女對愛情的追求，以及他們在艱辛追求過程中的複雜心態，李商隱是獨一無二的。

我們說到李白，一定會想起他的那些描繪祖國壯麗的山河以及表現其豪放不羈的性格如「君不見黃河之水天上來，奔流到海不復回」（《將進酒》）、「安能摧眉折腰事權貴，使我不得開心顏」（《夢遊天姥吟留別》）之句；談及杜甫，一定會在腦際浮現其關心國家命運與百姓生活如「國破山河在，城春草木深。感時花濺淚，恨別鳥驚心」（《春望》）、「朱門酒肉臭，路有凍死骨」（《自京赴奉先詠懷五百字》）之句；提到李商隱，則可隨口吟詠其抒寫愛情的刻骨銘心如「春蠶到死絲方盡，蠟炬成灰淚始乾」（《無題‧相見時難別亦難》）、「身無彩鳳雙飛翼，心有靈犀一點通」（《無題‧昨夜星辰昨夜風》）之句。

時間與讀者是文學作品最客觀公正的裁判者，從上文的說明可以看出，千百年來，在人們的心目中，李商隱是一個最能把愛情震撼人心的悲劇美充分顯示出來的多情詩人。他的詩作，擴闊了中國抒情詩的領域，豐富了中國情感文化，是中國花團錦簇的詩歌園圃中的一朵光彩奪目的奇葩。

「聞見所無」的艱困童年

李商隱，字義山，號玉谿生，又號樊南生。約生於唐憲宗元和八年（公元 813 年），卒於唐宣宗大中十二年（公元 858 年），祖籍懷州河內（今河南省沁陽縣），祖父李浦時移居滎陽（今河南省鄭州市）。

李商隱的高祖、曾祖、祖父與父親四代，都只做過縣令（一縣的行政長官）、縣尉（掌管一縣軍事的長官）和州郡太守（州郡的行政長官）的幕僚（參謀書記之類的僚屬）一類低級官吏。他出世那年，父親於獲嘉縣（在今河南省新鄉市西部）任縣令，但詩人三歲時，父親被罷官，改任浙江一帶幕府的幕僚六年多之久，李商隱跟隨父親在那裏度過了他的童年。

「浙水東西，半紀飄泊」（《祭裴氏姊文》）正是當時流蕩不定生活的寫照。九歲時，父親不幸病故，他與母親、姐弟扶父親靈柩回到滎陽營葬。兩年後，父喪期滿，全家又遷到洛陽。這段時期他過的是「四海無可歸之地，九族無可倚之親，既祔故丘，便同逋駭，生人窮困，聞見所無」（《祭裴氏姊文》）的艱困生活。父親去世，家中失去主要支柱，世情澆薄，使他覺得四海茫茫無有容身之地，親族眾多卻難尋可依靠之人。他時時刻刻還得為營葬父親而欠的債務擔驚受怕，只有靠替人抄抄寫寫和做短工維生，壓力之大豈是十歲左右的孩子所能承受。這種經歷，一方面使得他早年對社會生活有所體認，給後來創作關心民瘼的詩歌準備了素材；另一方面也督促他自幼「引錐刺骨」，勤奮苦讀，希圖通過科舉考試，在仕途上有所作為，得以「振興家道」。

「五年誦經書，七年弄筆硯」（《上崔華州書》），可見他從小就接受傳統的文化教育，加以天資聰穎，學習刻苦，因此學問進步神速。十分幸運的是，他能受教於一位品德高潔而又擅長古文、古體詩與書法的堂叔李某。這位堂叔學問淵博，曾入太學（中國古代的大學，是傳授儒家經典的最高學府），本來在仕途上可以大展鴻圖，但是為了侍奉父親，便退學在家，後來更隱居不仕。商隱十分崇敬堂叔的人格。由於教導有方，他才得以少年春風得意：「十六能著《才論》、《聖論》，以古文出諸公間（憑文章為有地位的人所賞識）」（《樊南甲集序》）。

十年漫長的應舉道路

李商隱在十六歲的時候已經為參加進士考試而進行「溫卷」活動。所謂「溫卷」，就是把文章投遞給社會名流，以期得到他們的賞識，提高自己聲望，為日後應舉成功鋪路。十七歲時，天平軍（治所在鄆州，今山東

省東平縣）節度使（總攬一個地區軍政大權的長官）令狐楚十分欣賞他的才華，聘他作幕僚，還讓他與其子令狐綯一起學習，親自指點他們寫作今體文，即當時通行的講究對偶、詞藻、聲韻的四六文（四字與六字相間為句的駢體文）。李商隱在堂房叔父李某的教導下，本來已經寫得一手好古文（散文），令狐楚的指點，使得他又擅長寫駢體文，後者對他後來「沈約博麗」（朱鶴齡語）詩歌風格的形成有極其重大的影響。他在《謝書》一詩中，曾以「自蒙半夜傳衣後，不羨王祥得佩刀」表明他衷心的感激，他認為令狐楚像老和尚在半夜裏將衣缽傳授給心愛的弟子一樣把寫作駢文的祕訣傳授給他，有此機遇便不羨慕別人當宰相了。

從文宗大和三年（公元 829 年），詩人十七歲，一直到開成二年（公元 837 年），詩人二十五歲，除了中間有一年左右（公元 833 至 834 年）在表叔崔戎手下任職外，他一直沒有離開過令狐楚幕府。

大和六年（公元 832 年）二月，令狐楚調任河東節度使（治所在太原，今山西省太原市），李商隱跟隨前往太原幕府，令狐楚鼓勵並資助他赴京城應進士試，但未入選，他又返回太原。大和七年（公元 833）六月，令狐楚調離太原府，入京任高官，商隱亦離開太原往鄭州（今河南省鄭州市）、華州（今陝西省華縣），謁見鄭州刺史（一州的行政長官）蕭澣、華州刺史崔戎。崔戎是商隱的堂房表叔，聘請他為幕僚。後來崔戎調到兗州（今山東省濟寧市一帶）作官，他也跟着去了。在兗州幕府，他深受崔戎的器重，與表兄弟崔雍、崔袞相處甚歡，使他度過了一段十分快樂的時光。大和八年（公元 835 年）六月，崔戎病故任上。這年他再進京應考，又落選。開成元年（公元 836 年），他奉母命遷居濟源（在今河南省西北部），在該縣西面玉陽山學道。唐代尊崇道教，有不少公主與宮女入道觀為女冠，相傳唐睿宗女玉真公主曾修道於此山。李商隱在學道過程中，與本是宮女的女道士有接觸，難免發生不足與外人道的戀情，這從

《月夜重寄宋華陽姊妹》「偷桃竊藥事難兼，十二城中鎖彩蟾」（偷情密約與修道成仙兩件事不可得兼，你被深鎖在壯麗的道觀我們難以相見）之句中透過隱晦曲折的方式傳達這一信息。與女道士的親密接觸亦使得詩人瞭解到在單調寂寞的道觀中，她們乾涸的心田多麼需要愛情甘露的滋潤。出世與入世、靈與肉在她們內心中的矛盾衝突是多麼的激烈，這在《和韓錄事送宮人入道》、《碧城三首》等作品中均有生動的表現。

開成二年（公元 837 年）春，李商隱第三次上京應舉，主考官高鍇是令狐綯的知友，在令狐綯的極力引薦下，終於入選，圓了他汲汲追求約十年的登進士第的美夢。在當時是「五十少進士」，而他竟然能在二十五歲獲此成就，自然是十分榮耀而雀躍無比的。他深知這與令狐家的鼎力相助分不開，於是一連寫了幾道《上令狐相公狀》表示對他的感恩戴德：「今月二十四日禮部放榜，某徼倖成名，不任感慶。某材非秀異，文謝清華，幸忝科名，皆由獎飾。……自卵而翼，皆出於生成。碎首糜軀，莫知其報効。」（《上令狐相公狀五》）

開成二年夏，李商隱返回濟源探望母親，冬天赴興元（今陝西省漢中市）令狐楚幕府（楚在開成元年出任山南西道節度使，治所在興元），那時令狐楚已經病重，十二月辭世。李商隱扶其靈柩返長安。在京城郊區，他目睹農村一片慘不忍睹的凋敝景象，聯想及國家的重重危機，寫下了可與杜甫的《北征》相媲美的史詩式的作品《行次西郊作一百韻》，杜甫寫《北征》時是四十五歲，而李商隱此時才二十五歲，顯示出他是一個早熟的天才以及其詩歌前程的不可限量。

身陷黨爭齎志以歿

令狐楚的死，對李商隱的政治前途產生極大的影響。他失去了幕僚之

職，需要另謀出路，開成三年（公元 838 年），他應涇原（治所在今甘肅省涇川縣北）節度使王茂元的聘請，入涇原幕府任職。王茂元亦賞識他熠熠的才華，把女兒嫁給他，「洞房花燭夜，金榜題名時」，是中國古代文人認為最大的人生樂事。商隱既已登進士第，又娶得賢慧貌美的妻子，自然得意非凡。在《漫成三首》中，他用「霧夕詠芙蕖，何郎得意初」抒寫內心的喜悅。但是他不知道，自己正因此墮入牛李黨爭的漩渦因而坎壈終生。

以牛僧孺為首的牛黨與以李德裕為首的李黨兩個政治集團的鬥爭始於唐穆宗（公元 821 至 825 年）時，前後延續達四十年之久。兩個集團互相排斥，互相傾軋，水火不相容。李商隱從十七歲開始，一直蒙受令狐楚的栽培，登進士第，更完全是借助令狐綯之力。令狐父子係牛黨，王茂元親近李黨，在兩黨之爭十分激烈之際，李商隱與王茂元女兒的婚姻自然引起牛黨的不滿而大受抨擊，令狐綯指責他「背恩」、「尤惡其無行」（《舊唐書・文苑傳》），因而他不免受到排擠：「黨人蚩謫（譏笑譴責）商隱，以為詭薄無行（為人不誠實，品行惡劣），共排笮（排擠）之」（《新唐書・文藝傳》）。這就使得他在仕進的道路上挫折重重，寸步難行。

按照唐朝的銓選制度，擢進士第後需要經吏部的「釋褐」（脫去平民服裝）考試，合格後才能作官。開成三年（公元 838 年），李商隱參加「釋褐」試，先為考官周墀、李回錄取，但複審時卻被中書省（全國的政務中樞，其長官中書令相當於右丞相）以「此人不堪」為由把名字抹去，他雖然明知這是牛黨對他忌恨，從中作梗，但亦只能借南朝宋詩人顏延之詆毀另一詩人謝莊，謝莊亦譏評顏延之一事來抒發無可奈何的情懷：「清新俱有得，名譽底相傷？」（《漫成三首》）

「釋褐」試失敗後，他回到涇原王茂元幕府。春日，他登上安定城樓，極目遠眺，想到自己因遭牛黨的忌恨，入仕途而無門，空有抱負，不

得伸展，猶如當年失意的賈誼與王粲，不禁感慨萬端，寫下了「賈生年少虛垂涕，王粲春來更遠遊」以及「不知腐鼠成滋味，猜意鵷雛竟未休」（《安定城樓》），滿懷悲傷與激憤的詩句。

開成四年（公元 839 年），李商隱再參加「釋褐」試入選，授他以祕書省校書郎（掌管校勘書籍），不久外調為弘農（河南省靈廣縣）縣尉（主管捕盜賊的官），上任不多時，就因為蒙冤的犯人減免刑罰而與上司孫簡發生齟齬，請假返長安。次年，唐武宗即位，李黨得勢，王茂元亦從涇原返朝作官，李商隱遂把家從河南濟源遷至長安，希冀在岳丈的照拂下大展宏圖，而實際上進展不大。秋冬之際，他應湖南觀察使（掌考察州縣政績，兼理民事，為一道的行政長官）楊嗣復的邀請赴湖南，遊江鄉（今長沙市一帶）。會昌二年（公元 842 年）他重入祕書省為正字（與校書郎同掌校正書籍的工作），冬天母親病故，他離職返家服喪。

會昌五年（公元 845 年）十月，服喪期滿，李商隱返京任祕書省正字職。次年三月，武宗因服長生藥駕崩。宣宗即位，他憎惡李德裕，登基後改變武宗擢用李黨的政策，大黜李黨，重用牛黨。李商隱因為與王茂元聯姻，被視為李黨，祕書省的官職自然難保，所以從大中元年（公元 847 年）三十五歲起，開始了飄蓬般的遊宦生涯。先後曾在桂州（今廣西省桂林市）任桂州刺史、桂管防禦觀察使鄭亞的幕僚，代理昭平（今廣西省樂平縣）郡守，盩厔（陝西省周至縣）尉、京兆尹（掌管首都附近地區，即雍州的長官）假法曹參軍（代理司法事務），往徐州（今江蘇省徐州市）盧弘止的幕府任幕僚，入朝補太學博士（在國家最高學府傳授儒家經典），赴四川梓州（治所在今四川省三台縣）任東川節度使柳仲郢幕府書記。大中五年任職梓州（公元 851 年），時李商隱三十九歲。

在李商隱赴梓州之前，夫人王氏病故。他既失意於仕途，又遭喪妻之痛，精神打擊是沉重的，此時曾寫了多首悼亡詩抒發對愛妻的綿綿哀思，

如《悼傷後赴蜀至散關遇雪》、《房中曲》等，瞻望前程，茫茫一片，他感到萬念俱灰，遂虔心事佛。

李商隱在四川逗留了五年左右，在此期間，他的鄉愁是十分濃烈的，而且與日俱增。他覺得自己是被遺棄在天涯的人，看到異鄉景物都會聯想及故鄉一草一木，身世之悲不禁油然而生：「定定住天涯，依依向物華。寒梅最堪恨，常作去年花。」（《憶梅》）「春日在天涯，天涯日又斜。鶯啼如有淚，為濕最高花。」（《天涯》）正是這種心態的生動寫照。

大中十年（公元 856 年），李商隱四十四歲時，柳仲郢奉調回京任兵部侍郎（掌管國防的長官兵部尚書的副手）、鹽鐵轉運使（掌鹽鐵專賣、糧食財貨的轉運，為中央最高財務長官），他隨柳返京，任鹽鐵推官（掌司法），曾因公務到過江東（長江南岸地區）。大中十二年（公元 858年），柳仲郢罷鹽鐵轉運使職，他也罷官回鄭州郊外的故園閒居。不久，就鬱鬱而逝。

臨終前，他寫了一首《幽居冬暮》，道出他閒居生活的寂寞與淒涼，抒發「如何匡國分，不與夙心期」，不能實現報效國家夙願的遺憾！

悲天憫人的襟懷

李商隱的作品有反映社會現實的，有詠史的，有懷念或傷悼親人、朋友的，有感慨身世的，有縷述鄉愁的，有描寫愛情的，題材各異，但是其中卻一致地貫串了作者真摯的情意，因而引起了人們的共鳴。

真摯的情意是文學作品得以震撼讀者心弦的必備要素，李商隱詩歌的特點是它將此情意給予世上那些被人踐踏蹂躪的人們，更為難得的是作品中能映現出幾千年來宗法社會裏受到層層壓迫與重重抑制下中國婦女的悲慘命運，宣洩她們的痛苦呻吟。顯示出詩人悲天憫人的襟懷。

從《行次西郊作一百韻》這首傑出的史詩中顯示出李商隱對百姓生活的關切不下於「窮年憂黎元，歎息腸內熱」（一年到頭憂念老百姓，不停為他們唉聲歎氣）《自京赴奉先詠懷五百字》）的杜甫。這可能與他自幼跟底層民眾一起過貧困的生活有關。詩中描述的在姦邪當道、朝政昏暗的社會中老百姓的苦難真是句句是血、字字皆淚：「農具棄道旁，饑牛死空墩。依依過村落，十室無一存。存者皆面啼，無衣可迎賓。」「兒孫生未孩，棄之無慘顏。不復議所適，但欲死山間。」天災加上人禍，老百姓只有紛紛逃亡，半路上把剛生下的小生命拋棄掉，但求死在山間有個葬身之地就滿足了。最為難得的是李商隱面對黎民的不幸表現出的為民請命的強烈態度，當他聽到村民的坦率的傾吐之後，抑制不住內心的憤怒：「我聽此言罷，冤憤如相焚。」並且當即表示：「我願為此事，君前剖心肝。叩額出鮮血，滂沱污紫宸。」李商隱的詩，經常使用典故，曲折地抒寫心懷，即使是在遭牛黨忌恨，破壞了「釋褐」試入選的機會，他亦僅用謝莊詆譏顏延之，二人相互譏評的故事，說了句「名譽底相傷」表示自己不贊同他們的作法。但在百姓的苦難面前，他的情緒卻像噴泉般湧出，並不費盡心機尋找典故委婉地表達。在這點上，把他與杜甫相比，有顯著的區別。在《北征》與《自京赴奉先詠懷五百字》裏反映百姓生活在水深火熱之中時，杜甫總是念念不忘為造成此不合理現象的最高統治者塗脂抹粉，美化唐玄宗是「堯舜君」（像堯舜那樣的聖君）；頌揚唐肅宗是「中興主」（使唐朝復興，由衰敗轉為興盛），而且「經緯固密勿」（治理國事勤勞謹慎）。其實前者是「安（祿山）史（思明）之亂」（公元 755 至 763 年）災禍之源，後者則是唐代宦官專權的始作俑者。李商隱則能明確指出：「又聞理與亂，繫人不繫天」，即國家的安定與混亂，關鍵在於用人的得當與否，與天意無關。言外之意是黎民百姓受那麼多的苦，君王負有不可推卸的責任。

李商隱是非常注重友情的，對於友人遭受不公正的待遇，感同身受，並為之仗義執言，作不平鳴。在《贈劉司戶蕡》中，他對這位敢於向氣燄囂張的宦官挑戰並遭誣陷、終被貶逐的劉蕡表示萬分的敬意，同時祝福他能早日為朝廷所重用。在劉蕡病逝之後，他一連寫下兩首《哭劉蕡》、《哭劉司戶蕡》宣洩哀悼之情，還對他的含冤而辭世表示痛心疾首。

　　早在一千八百年前，曹丕就說「文人相輕，自古而然」，曹丕以後，此一現象仍然繼續存在，而且相當普遍。但是李商隱對同文絕無這種情形。以杜牧為例，他們是好朋友，李寫了《贈司勳杜十三員外》，對杜的作品讚揚備至，讚揚他不但有文才：「前身應是梁江總，名總還曾字總持」，把他與梁朝著名詩人江總並列；還讚揚他有武略：「心鐵已從干鏌利」（胸中有甲兵，鋒利猶如名劍干將莫邪），為他不被重用而歎惋。在另一首《杜司勳》中，更說「刻意傷春復傷別，人間惟有杜司勳」，李亦寫許多傷春傷別的詩，而且寫得非常之好，但他卻誇獎杜牧的這類詩天下無雙，而且並非酬酢之作，乃是衷心之言，可見友情的純真透明。

　　在宗法制度的束縛下，中國婦女的命運完全控制在掌權者、家族和丈夫的手中，絲毫動彈不得。她們從肉體到心靈均備受摧殘，一部中國婦女史是血淚斑斑令人不忍卒讀的，這是中國傳統社會最黑暗的一面。儘管如此，但在中國文學史中，卻極少詩人把眼光投到婦女的命運上面，其中包括最為悲天憫人的杜甫。而李商隱是個例外，他對在苦難的深淵中呻吟的婦女的關心是無微不至的。

　　蘇雪林在《玉溪詩謎》中說：「我曾在唐人詩中發現了一種最寶貴的『人道主義』，為從來所沒有，與後世歐美諸哲之議論，亦若合符節。『人道主義』下產生兩種特別作品，一是描寫『征戍之苦』，反對帝王窮兵黷武的舉動，主張『非戰論』。一是描寫『宮怨』，為可憐被壓迫的宮人，呼號性的解放。」這些詩中「一面寫宮人美麗的形態，一面寫她們幽怨的

心理」，揭示她們的不幸。如白居易的《上陽人》，「寫一個良家婦女從紅顏皓齒的時代選入宮廷，直至白髮盈顛，還沒有見過帝王一面」，可見詩人的人道精神。

李商隱正是這樣一個具有「人道主義」思想的詩人。在《和韓錄事送宮人入道》一詩中顯示出這點。唐朝皇帝尊崇道教，經常放宮女出宮入道觀為女冠，唐文宗開成三年（公元838年）就曾「出宮人四百八十，送兩街寺觀安置」（《舊唐書·文宗本紀》），李商隱有感於此事，寫了上詩。詩中說「星使追還不自由」，她們本是天使來到凡間，現在又重返仙宮是不由自主的。詩人認為宮女離開宮禁入道觀，從此永別塵世生活，與嬀獨的嫦娥同遊，倘若她在人間仍有所戀的話，那麼，即使日後埋葬的骨頭化成塵土而此恨亦將綿綿無盡期。「鳳女顛狂成久別，月娥嬀獨好同遊。當時若愛韓公子，埋骨成灰恨未休。」這四句詩比唐人寫的眾多宮怨詩更進一層寫出宮人血淚斑斑的悲劇生涯。

中國古代詩人，秉承傳統的觀念，輕視婦女，忽略她們的感情訴求，李商隱則截然不同，他尊重她們，關懷她們，細膩地表現她們愛情得失時的歡愉與悲傷（主要是後者，這是被中國婦女當時的命運所決定），這有《為有》一詩可以為證。

唐朝王昌齡有一首膾炙人口的《閨怨》：「閨中少婦不知愁，春日凝妝上翠樓。忽見陌頭楊柳色，悔教夫婿覓封侯。」詩中寫一位少婦本來不知愁為何物，春天來臨，她盛妝登樓賞景，忽然看見楊柳已經返青，一片新綠撲入眼簾，她後悔當初讓丈夫去遠方追求功名，使得自己的青春在孤寂中虛度。《為有》則寫嫁給金龜婿（已擁有功名富貴的夫婿）也並不幸福，因為夫婿「辜負香衾事早朝」，不顧妻子孤衾獨守上早朝去了。

宮女是不幸的，女冠也是悲慘的；讓夫婿去追求功名是不幸的，嫁給擁有功名者也並不幸福。李商隱更進一步指出，連皇帝最寵愛的妃

子 —— 楊貴妃都難逃不幸的命運。在《馬嵬二首》中「君王若道能傾國，玉輦何由過馬嵬」，由於君王的迷戀女色，才造成楊貴妃的悲劇；「如何四紀為天子，不及盧家有莫愁」，做了近五十年的皇帝，還不如盧家有莫愁（平民家的夫婦），可以長相守。這就是說如果楊玉環不是唐玄宗寵愛的貴妃，反而可以與相愛的人過雙棲雙飛的幸福生活，現在她卻成為荒淫昏庸君王的替死鬼，落得個「自埋紅粉自成灰」、玉殞香消的下場。後人讀及此，能不為中國歷史舞臺上演出的一幕又一幕的婦女悲劇掩面痛哭！

情恨並生的情感哲學

「荷葉生時春恨生，荷葉枯時秋恨成。深知恨在情長在，悵望江頭江水聲。」（《暮秋獨遊曲江》）李商隱的情感哲學在這四句詩中概括而形象地表現出來。

十九世紀德國哲學家叔本華認為，意志是宇宙的本質，亦是人的本質，而人的生活意志（即生活之慾）在現實世界中是無法得到滿足的，因而人生充滿了痛苦。上引李商隱的詩中以荷葉象徵人生，認為荷葉嫩芽始萌時已包孕了恨，等到秋天枯萎時恨也形成了。恨是人生的主調，它伴隨着有情的人的存在而存在。可見詩人認為「情」（其實情也是一種慾）是恨的根源。人必有情，因而必有恨，在這裏，他將「情」與「恨」的關係用文藝手法作了哲理性的闡釋。

這與李商隱終身為情所困有關，其中尤以家國情與愛情為甚。

李商隱二十五歲左右，已經表現出強烈的憂國憂民的意識。在《行次西郊作一百韻》中可以看出，他經常深入探索國事，洞曉國家混亂、民不聊生的癥結所在，而對症下藥，提出了「繫人不繫天」，必須用賢才方能治國的主張。那時他確實有《安定城樓》中所述的「欲迴天地」（即旋

轉乾坤，使唐室復興，百姓安居樂業）的雄心壯志，但由於朋黨之間的鬥爭把他捲了進去，使得他縱有天高的才能，亦無法施展自己的抱負。崔珏（與李商隱同時的詩人）用「虛負凌雲萬丈才，一生襟懷未曾開」（《哭李商隱》）十分準確地描述他的平生，這與他臨終寫的「如何匡國分，不與夙心期」（《幽居冬暮》）抒發的報國無門的遺恨是一致的。這種對國家自作多情的恨意在他的作品中佔了相當大的比重。不少名作如《流鶯》、《蟬》、《有感》（中路因循我所長）等均屬此類。

愛情給李商隱帶來的恨意在其生涯中比重甚大，在詩作中有相應的表現。

李商隱與宮女、女冠的愛情由於「偷桃竊藥事難兼」，不可能開花結果，只剩下無限的惆悵；抒發此類情愫的作品為數可能不少，可惜由於商隱與她們的愛情不容於當時，只能偷偷進行，所以寫出來大多撲朔迷離，煞費猜測。如朱偰在《李商隱詩新詮》的《義山與宮女的情詩》及《李義山之情詩》兩節中即考證出多首《無題》詩（如「昨夜星辰昨夜風」、「來是空言去絕蹤」等）均是與宮女戀愛之作；《碧城三首》、《聖女祠》、《重過聖女祠》則是與女道士相愛的情詩，蘇雪林在《玉溪詩謎》中也列舉大量的詩支持朱氏說法，當然此說法有待繼續深入探討，但李商隱與宮女及女冠曾經有過終留遺恨的情愛的存在是沒有疑問的。

李商隱二十二、二十三歲時與柳枝的一段尚未捕捉即已逝去的愛情給他留下的心靈創傷可能是終身難以彌合的。

柳枝是洛陽城中商人的女兒，十七歲，美麗活潑，有音樂天才，讀到李商隱的《燕臺詩》，十分欣賞。正好李的堂兄讓山是她鄰居，遂透過讓山與他晤面，柳枝向他乞詩，並約三日後再來相見，但他因故未來，以後讓山告訴他，柳枝已給東諸侯（東方的方鎮）娶去，侯門一入深似海，再相見已不可能。第二年，讓山東去，李商隱寫了《柳枝五首》拜託讓山題

在柳枝的原居處。詩中抒發了柳枝被軍閥強娶去的忿忿不平:「玉作彈棋局,中心亦不平」(其二),並對不能與柳枝結合表現出極度的遺憾:「如何湖上望,只是見鴛鴦?」(其五)還宣洩對柳枝難以抑制的相思:「同時不同類,那復更相思?」(其一)

李商隱念念不忘柳枝可從他經常詠柳顯示出。在他的詩集中,有詠牡丹、荷花、菊花、杏花等詩,但詠得最多的當數柳,竟有十二首之多。其中《柳》(動春何限葉),寫柳樹在風中飄動的姿態,說她有感情,「解有相思苦,應無不舞時」(古人常在河岸道別,所以說它深知離人相思之苦,而為之飄舞不休),稱讚她「傾國宜通體,誰來獨賞眉」,即是她全身都有傾國之美,人們不應只欣賞她似女性眉毛般漂亮的柳條(古人常以柳條形容女性修眉,如白居易形容楊貴妃時有「芙蓉如面柳如眉」之句),詩人寫時眼前是不是浮現柳枝姑娘的形象呢?還有本選集所選的《柳》(曾逐東風拂舞筵)中先寫柳枝在春風中飄拂的美麗生動姿態,後寫秋風裏伴隨着斜暉和寒蟬的遲暮衰敗的形象,當中有沒有對柳枝姑娘的命運的哀傷?我們欣賞時大可細細咀嚼,並由此體會李商隱對柳枝的愛情引致的悠悠長恨。

由於過往社會男女婚姻是「通過父母之命、媒妁之言」完成的,所以夫妻之間沒有什麼感情可言,男子可以三妻四妾,專一的愛情可以說難得一見。李商隱是個例外。他在妻子死後接二連三地寫出纏綿悱惻的悼亡詩如《悼傷後赴東蜀辟至散關遇雪》、《房中曲》、《正月崇讓宅》、《王十二兄與畏之員外相訪,見招小飲,時予以悼亡日近不去,因寄》等,詩中對王氏的亡故表現永恒的懷念,說自己將像「今日澗底松,明日山頭檗」(《房中曲》)終身鬱鬱,悲苦一世。他自己果然信守誓言,沒有再娶。其間在四川柳仲郢幕府,柳曾選美貌和歌舞技藝一時無雙的張懿仙嫁他,亦為他所婉謝。

由於李商隱在感情道路上屢屢失意，所以他的情與恨並生的情感哲學的產生是有着深厚的感情基礎的。他把這種恨（包括其他的恨）統統傾瀉在詩中，「夫君自有恨，聊借此中傳」，所以人們讀起來心弦為之撼動不已！

藝術魅力正在朦朧處

李商隱是晚唐詩人，在他之前唐詩已經發展達到了極致，各種風格的詩人已在詩壇上盡現，王維、高適、李白、杜甫、白居易、韓愈、李賀等一座座難以逾越的高山已經矗立在那裏。李商隱卻能汲取前人（包括南朝詩人徐陵、庾信以及六朝民歌）的長處，另闢蹊徑，創造出他獨有的「深情綿邈」、「綺靡華豔」的風格，人們透過穠豔華麗的語言可以感受到詩人靈魂的震顫，這是中國其他詩人所不具有的特色。和他同一時期的詩人溫庭筠的詩和李商隱一樣，具有「穠豔」的特色，但由於缺乏深沉的情思，使人覺得淺薄，其成就遠不如李商隱，可見真情是詩的靈魂。李商隱詩中充滿了用華麗的詞藻創造出的色彩鮮豔、光芒奪目的意象。如《錦瑟》：「錦瑟無端五十弦，一柱一弦思華年。莊生曉夢迷蝴蝶，望帝春心託杜鵑。滄海月明珠有淚，藍田日暖玉生煙。此情可待成追憶，只是當時已惘然。」詩中如「錦瑟」、「蝴蝶」、「杜鵑」、「滄海」、「月」、「珠」、「淚」、「日」、「玉」、「煙」，都是有色澤或光彩的物體；有些本來不帶色澤的名詞，作者加上附加成份，如「年」、「夢」、「心」，加上「華」、「曉」、「春」，讀者通過想像使得那三個名詞具有了某種色彩，於是詩中出現了色彩斑斕的意象，而此意象又籠罩在夢幻般迷離的氛圍中，並以深沉而綿邈的情思貫串全篇，讀後不免產生宇宙充溢着千古悠悠愁恨的悲思。這種詩句在李商隱作品中可謂俯拾即是。

英國詩人柯勒律治（S. T. Coleridge）說得好：「意象不論如何眩目，均不能使一個詩人出色，只有在它們被詩中主要感情所修飾，或被該感情激起的思想所修飾，才足以為詩人天才的明證。」李商隱所創造的令人眩目的意象正符合柯氏的要求。

提及李商隱詩作，人們自然會想起元代元遺山的「望帝春心託杜鵑，佳人錦瑟思華年。詩家總愛西崑好，獨恨無人作鄭箋。」（《論詩絕句》）以及清代王漁洋的「獺祭曾驚博奧彈，一篇《錦瑟》解人難。千年毛鄭功臣在，賴有彌天釋道安。」（《戲仿元遺山論詩絕句》）元、王二人都以李商隱最具爭議性的代表作《錦瑟》說明盡管他的詩受到喜愛，但是由於難以理解，令人引為恨事。

《錦瑟》恐怕是中國詩史上最難懂、最多人費盡心力去詮釋的一首詩。據不完全統計，自它面世二百一十年後宋劉攽對它首次論述開始，宋明期間箋釋和論述它的，就有二十五家之多；清初至「五四」三百年間，箋釋的達六十多家；直到現代、當代，其研究文字，更是不計其數。眾說紛紜，但是迄今仍然沒有一種解釋被公認為是最正確的。其他作品，如不少的無題詩，以及《燕臺詩四首》、《碧城三首》、《聖女祠》、《重過聖女祠》，甚至看起來明白如話的《嫦娥》均存在這種情況，為什麼此現象獨獨存在於李商隱詩中？這與他經常使用象徵、比喻、起興等寫作手法的關係至為密切。

象徵、比喻、起興是不同的寫作手法，但卻有一個共同的特點，即不將要描叙的事物和想抒發的情思直接亮出，而是隱藏在語言的背後（或融解於語言之中），讓讀者去理解或體味，由於每個人都從不同的視角去理解或體味，得出的結果有分歧，而且分歧極大自是當然的了。如我們可以認為《錦瑟》中的首兩句「錦瑟無端五十弦，一柱一弦思華年」是起興，說自己匆匆已五十歲，年華虛度，毫無作為，並理解其中「莊生曉夢」、

「望帝春心」、「明珠有淚」、「暖玉生煙」等一組意象乃象徵一生理想的破滅。別人也可以從首兩句理解出是說妻子死去，因為瑟本二十五弦，斷了而為五十弦，乃取其「斷弦」（妻亡）之意。「蝴蝶」、「杜鵑」的意象象徵她已死去；「珠淚」的意象象徵悲痛之情；「玉生煙」象徵埋葬化灰成煙。還有好多種不同的看法，本文不一一列舉了。

　　寫得過於概括，對所寫對象多不明指，這是形成李商隱詩作多種詮釋的主要原因之一。他的愛情詩除《柳枝五首》中的柳枝是明指其人外，其他的都不知道是誰，所以引起眾多不同的猜測：「宮女說」、「女冠說」等即由此而起。在別的詩中亦不時出現類似情況。如政治抒情詩《曲江》首聯：「望斷平時翠輦過，空聞子夜鬼悲歌」，唐玄宗寵幸的楊貴妃與唐文宗寵愛的楊妃的「翠輦」都曾來過曲江，二人都死於非命，均為冤鬼，所以「鬼悲歌」，究竟指哪位，不免就影響到尾聯中的「天荒地變」，究竟指的是以前唐玄宗時的「安史之亂」，還是最近唐文宗時的「甘露之變」，抑或二者兼而有之？相信日後會有更多樣的解釋，反正詩人已經為你提供了無限廣闊的詮釋空間。人們可以在其中自由翱翔！

　　詮釋的多層次及多樣性，使得李商隱的詩具有了不確定的因素，構成了特殊的朦朧美。他的詩的真面目總是籠罩在一層薄薄的霧紗之中，那麼朦朧，那麼神祕，人們永遠無法看得清楚。就像人們永遠解不開名畫《蒙娜利莎》「謎一樣的微笑」（Sphinks smile）！

　　李商隱詩歌特有的藝術魅力正在此處。

璧華

1997 年 4 月 1 日香港

無題

【題解】

　　這首無標題的詩是李商隱早年之作（一說寫於十六歲），它透過一個聰慧伶俐的少女自幼喜愛妝扮，勤學樂藝，稍長追求情愛而不可得的內心苦悶，抒發自己渴望用於世而不可得，理想難以實現的慨歎。

　　「無題」詩，是李商隱獨創的一種抒情詩，這類詩往往以隱晦曲折的方式表達詩人的情思，言與意並不吻合，題目有困難或不方便標出，故以「無題」稱之。

【譯注】

八歲偷照鏡,	八歲時就偷偷照妝鏡,
長眉已能畫❶。	長彎的眼眉已識描畫。
十歲去踏青❷,	十歲時就去春遊踏青,
芙蓉作裙衩❸,	採摘荷花來修飾裙衩,
十二學彈箏❹,	十二歲勤奮學習彈箏,
銀甲不曾卸❺。	撥弦的銀甲從不解下。
十四藏六親❻,	十四歲藏閨中避六親,
懸知猶未嫁❼。	想來雙親還不曾許嫁。
十五泣春風,	十五歲迎春風淚泉湧,
背面鞦韆下❽。	背着人立於鞦韆架下。

❶ 畫:古代女子用黛(青黑色的顏料)裝飾眉毛,叫畫眉。

❷ 踏青:春天郊遊,古代習俗於清明節踏青。青,青草。

❸ 芙蓉:荷花的別稱。裙衩:裙與衩本是女子穿著的兩種下身服裝,衩旁邊開口。這裏合稱指裙子。用荷花裝飾裙服,象徵女主角品格高潔,因為荷花出污泥而不染。

❹ 箏:古時一種撥弦演奏的樂器。

❺ 銀甲:銀製的假指甲,套在指頭上,供撥彈箏或其他弦樂用。

❻ 藏六親:古代男女授受不親,女孩長大,連最密切的男性親屬都要迴避,不得接近。六親,泛指最密切的親屬,說法紛紜不一,最早的一種說法是父、母、兄、弟、妻、子。

❼ 懸知:猜測。

❽ 背面:背對人面。

【賞析】

　　中國傳統詩歌常用香草（美麗芬芳的植物）和美人比喻君子。這首詩以聰慧美麗的少女自喻：這位少女愛美早熟（一、二句），性格活潑、品德高潔（三、四句），勤奮苦學（五、六句），卻為未來的命運憂心忡忡，不知道父母怎樣處置自己的終身大事，又無人可以傾吐心事，只有背着人獨自在鞦韆架下迎着春風哭泣，這可視為詩人少年時期的寫照。他自幼資質聰慧，自述「五年讀經書，七年弄筆硯」，引錐刺股，勤奮苦讀。十六歲就撰著《才論》和《聖論》，而且志向遠大，希望能夠透過科舉考試光耀門楣，為國效力。但是前程茫茫，命運並不掌握在自己手中，思想起來，能不黯然神傷！

　　這首詩結構單純，女主角的成長過程與心理變化的層次採用了民歌的以年齡順序編排的寫法，很像漢代樂府詩《孔雀東南飛》開頭女主角劉蘭芝的自我介紹：「十三能織素，十四學裁衣，十五彈箜篌，十六誦詩書，十七為君婦」；李白沿用樂府舊題《長干行》寫的詩也有「十四為君婦」、「十五始展眉」、「十六君遠行」之句，可見這種寫法相當普遍，其優點為層次清楚，脈絡分明。

　　有人說，這首詩是李商隱參加科舉考試行卷（考試前把所作詩文寫成卷軸，投送朝中顯貴）之作，行卷時，常以少女、新婦自比，希望得到提拔的意思很明顯，這首詩是一份形象化的全篇托喻的自薦書，此意見可供參考。

隨師東

【題解】

這首詩作於唐文宗大和三年（公元 829 年），當時李商隱十七歲。

唐敬宗寶曆二年（公元 826 年），橫海鎮（治所——長官辦事的處所設於滄州，在今河北滄縣東南）節度使（總攬一個政區軍政大權的長官）李全略病死，兒子李同捷未經朝廷任命，擅自代領節度使，朝廷不敢過問。唐文宗大和元年（公元 827 年）五月，任命李同捷為兗海節度使，捷抗命不從；八月，詔令各地區將領討伐。由於軍事政治腐敗，討伐遲遲未能取得勝利，軍隊所到之處，殃及民眾，傷亡慘重，江淮地區遭到極大的破壞。直至大和三年（公元 829 年）四月，唐軍才攻佔滄州，斬李同捷。同年十一月，令狐楚為天平軍節度使（駐鄆州，在今山東鄆城縣東），聘請李商隱為巡官，詩人在隨軍奔赴鄆州途中，目睹戰亂之後的悲慘景

象，寫下這首詩，表達了他對藩鎮（軍閥）割據、朝廷腐敗的憤懣以及對生靈塗炭的同情。

　　隨師東，隨軍隊從洛陽東赴鄆州。一作「隋師東」，「隋」與「隨」通。一說可能是指隋煬帝大業末年（公元605年）遠征高麗（古國名，在今遼寧新賓縣東境）史實，詩人託古諷今，暗喻唐文宗對李同捷的討伐。

【 譯注 】

東征日調萬黃金 ❶，	東征叛臣消耗了無數黃金，
幾竭中原買鬥心 ❷。	快用盡中原財富為買軍心。
軍令未聞誅馬謖 ❸，	未聽過軍令誅殺敗將馬謖，
捷書惟是報孫歆 ❹。	僅看到捷書謊報平定孫歆。
但須鸑鷟巢阿閣 ❺，	只要鳳凰在宮閣上築起窠，
豈假鴟鴞在泮林 ❻。	豈可讓惡鳥竊據學宮樹林。
可惜前朝玄菟郡 ❼，	最可歎的是漢代的玄菟郡，
積骸成莽陣雲深 ❽。	屍骸密集如草叢戰雲濃深。

❶　東征：指討伐李同捷的戰爭，橫海鎮在長安東面，故曰東征。調：徵調資源。

❷　幾竭中原：幾乎用盡中原所有的資源。中原，即中土、中州，以別於邊疆地區而言，泛指黃河流域。買鬥心：用厚賂收買軍心，鼓舞鬥志。

❸　誅馬謖：馬謖，三國時蜀國將領，建興六年（公元228年），諸葛亮伐魏，任馬謖為先鋒，謖剛愎自用，違反諸葛亮的軍事部署，重要的軍事據點街亭被魏所佔。諸葛亮按軍法斬之。此句反其意而用之，說軍紀不嚴，對違反軍令的將領處斬的事從未有聞。

❹　孫歆：三國時吳國都督（最高統帥）。晉將王濬伐吳時，謊報戰功，說已經斬

了孫歆的首級。事實是後來晉將杜預俘獲孫歆,送到洛陽。這句比喻唐軍將領虛報戰績,欺騙朝廷。

❺ 鸑鷟:鳳凰的別名,鳳凰是吉祥的禽鳥,這裏象徵賢臣。阿閣:宮閣,指朝廷。

❻ 鴟鴞:貓頭鷹一類猛禽,因其捕食小動物,又是晝伏夜出,見不得光,在傳說中被視為兇禽惡鳥,這裏象徵朝廷的奸臣。泮林:泮宮(古代諸侯的學府)旁的樹林。這句是說朝廷宦官當道,州郡藩鎮割據。

❼ 前朝:指隋朝。玄菟郡:今朝鮮咸鏡道及遼寧省東部吉林省一帶。漢武帝元封四年(公元前 107 年)設置。這裏用隋煬帝東征高麗比喻唐文宗東征滄州。

❽ 莽:密集的草叢。陣雲:像兵陣疊起的雲層。七、八兩句是說,由於戰爭使得玄菟郡(滄州)屍骸遍野,天地震怒。《資治通鑑‧唐紀‧文宗大和三年》載:「滄州承喪亂之餘,骸骨蔽地,城空野曠,戶口存者什無三四。」

【賞析】

　　唐初於重要諸州置都督府(統帥諸州軍事),睿宗時置節度大使,玄宗時又置十節度使於邊疆各地,以禦外侵,各領諸州軍隊,兼掌土地及人民財賦,是為藩鎮,軍政大權均在其手。此後日漸強大,不受朝廷約束,有圖謀不軌之心。安史之亂(公元 755 至 763 年)後,內地也設置節度使,藩鎮(方鎮)勢力膨脹,唐憲宗(公元 806 至 820 年在位)時,藩鎮多達四五十個,「天下盡裂於方鎮」,節度使竟成為世襲,李同捷事件正是藩鎮割據的必然結果。

　　這首詩寫的是與藩鎮割據有關的戰事,當然詩人反對割據叛逆的行為,也不滿意朝廷用兵軍紀的渙散、將領的冒功邀賞,但重點在後四

句：只有賢臣主政，不讓姦邪當道，老百姓才能避免戰禍，過和平安樂的日子。

詩前兩句使用誇張手法描寫戰爭的消耗，三、四句用兩個典故形象地寫出軍隊的腐敗，五、六句用比喻寫導致討伐戰爭的根源，最後託古諷今，為前代及當朝民眾的苦難灑同情之淚。

關於這次戰事，史書有記載，《資治通鑑》：「（大和元年，）李同捷擅據滄、景（滄州、景州，均在今河北省），……（朝廷）命烏重胤、王智興、康志睦、史憲誠、李載義與義成節度使李聽、義武節度使張璠各帥本軍討之。……時河南、北諸軍討同捷久未成功，每有小勝，則虛張首虜以邀厚賞。朝廷竭力奉之，江淮為之耗弊。……滄州承喪亂之餘，骸骨蔽地，城空野曠，戶口存者什無三四。」把這段敘述與本詩相比，可以看出史載與文學的區別。

富平少侯

【題解】

這是一首託古諷今的政治諷刺詩，乃詩人早期作品。內容諷刺世襲的王侯子弟憑藉父蔭，繼承王爵之位，卻不學無術，過着驕奢淫逸的生活。

富平少侯，指漢代張安世的孫子張放。安世曾封富平侯，放幼年繼承爵位，故稱。

有人認為這首詩的內容與張放的行為不合，反而與唐敬宗（公元 825 至 827 年在位）的行為相符。他昏庸腐敗，不務政事，也是幼年（十六歲）即位，所以用來比較，礙於帝王權威，不敢明顯道出。此說可供參考。

【譯注】

七國三邊未到憂 ❶，	從不為紛亂的國事內心擔憂，
十三身襲富平侯。	十三歲就已經承襲了富平侯。
不收金彈拋林外 ❷，	金彈發射出樹林外再不回收，
卻惜銀牀在井頭 ❸。	怎會可惜銀轆轤架支在井頭。
綵樹轉燈珠錯落 ❹，	結綵柱上的轉燈如明珠閃爍，
繡檀迴枕玉雕鎪 ❺。	花紋環繞的檀枕精美如玉鏤。
當關不報侵晨客 ❻，	守門的人不給清晨來客通報，
所得佳人字莫愁 ❼。	只因他新得的佳人名叫莫愁。

❶ 七國：指漢景帝時，吳、楚、趙、膠東、膠西、濟南、淄川等七國的叛亂。三邊：指戰國時秦、趙、燕三國，它們的邊境鄰接，經常與少數民族有戰爭。未到：不關心。這句與當時唐朝的藩鎮割據及吐蕃經常入侵有關。

❷ 金彈：用金製成的用以射鳥的彈丸。據說漢武帝的寵臣韓嫣常以金為彈丸，一日丟數十，每出彈鳥，兒童就跟隨拾取。長安諺云：「苦飢寒，逐彈丸。」百姓忍飢挨餓，貴族則揮金如土。

❸ 銀牀：銀製的轆轤架。轆轤，利用輪軸原理製成的一種起重工具，通常裝在井上汲水。

❹ 綵樹：燈柱。轉燈：能轉動的燈。據說古代咸陽宮有青玉五枝燈，高七尺五寸，形似蟠螭（盤繞的黃龍），以口銜燈，燈燃，鱗甲皆動，明亮若列星滿室。珠錯落：好像明珠交錯紛雜，閃爍不定。

❺ 繡檀迴枕：錦繡裝飾的滿佈各種花紋的檀木枕頭。鎪：鏤刻，雕刻。

❻ 當關：守門的人。

❼ 莫愁：傳說中古代女子名，善歌謠。最後兩句是說，由於得到佳人，夜夜笙歌，通曉達旦，因此晨睡不起，守門人無從通報晨客的來到。

【 賞 析 】

　　這首詩的最大特色是詩人善於使用最有代表性的具體事實刻劃了一個不肖的第二代的形象。他依靠世襲獲得高位，卻又不思長進，不關心國事，只知享受榮華富貴，縱情聲色。二聯與三聯用極度誇張的手法描繪其奢侈生活。最後兩句與第一句的「七國三邊未到憂」相互呼應，說明這位世襲的公子哥兒生活的腐化。對於那些不思長進的二世祖來說，為女色所惑而不能自拔，終而斷送祖業者並非鮮見，帝王因而亡國或動搖國家基業者亦非罕有。李商隱這兩句詩可能受到白居易的《長恨歌》中的唐玄宗李隆基因楊貴妃而「春宵苦短日高起，從此君王不早朝」的影響。

　　誠然，詩中的人物形象與唐敬宗有許多類似之處。據記載：「帝好奢好獵，宴遊無度，尤愛纂組雕鏤之物，視朝每晏（上朝經常晚到），即位之年三月戊辰，群臣入閣，日高猶未坐，有不任立而踣者（日頭高升尚未上朝，有的臣子站得太久支持不住而倒在地下）。」因此有人認定所寫乃唐敬宗，我則認為詩人是集中了古今許多皇子王孫的特徵寫成，並非特指，當然並不排斥詩人寫時有敬宗的形象浮現腦際。

牡丹

【題解】

　　這是一篇詠牡丹的詩。人們用「國色天香」形容牡丹的色香非同尋常，詩人透過對牡丹的美豔奪目的姿色與沁人心脾的香氣的描繪，表現自己蓋世的才華。

　　這首詩可能寫於詩人青年時期受令狐楚賞識之時。詩人十七歲，就被當時任天平節度使的令狐楚聘入幕府（唐代將軍的府署），還親自傳授他寫當下流行的駢體文（一種用四言六言的句子對偶排比的文章）。大和六年（公元 832 年），令狐楚在太原作官，李商隱隨往，第二年，還扶植他赴京城應考進士。據《酉陽雜俎》記載：「開化坊令狐楚宅牡丹最盛。」令狐楚在外面作官，對家中牡丹十分關心，所作詩中「十年不見小庭花，紫萼臨開又別家。上馬出門回首望，何時更得到京華？」李商隱對恩師所

愛惜的牡丹自然會經常去觀賞，並記錄自己對牡丹的熱愛與禮讚，寄給恩師。以慰其相思之苦。

【譯注】

錦帷初捲衛夫人 ❶，	織錦簾幕剛捲起露出衛夫人臉孔，
繡被猶堆越鄂君 ❷。	絲繡被褥仍覆蓋着越鄂君的面容。
垂手亂翻雕玉珮。	垂手起舞雕玉的珮飾在地上翻滾，
折腰爭舞鬱金裙 ❸，	折腰起舞鬱金香彩裙在風中旋動。
石家蠟燭何曾剪 ❹？	它似石崇家明燭何必將燭芯剪掉？
荀令香爐可待熏 ❺？	又如荀彧府香爐焚燒了又有何用？
我是夢中傳彩筆 ❻，	我像江淹在睡夢中得到五色彩筆，
欲書花葉寄朝雲 ❼。	要將詩句寫在花片上寄去神女峰。

❶ 錦帷：錦製的帳幕、帳子。衛夫人：指春秋時衛靈公夫人南子，也叫釐夫人。《典略》載，孔子到衛國，南子在錦帷中答拜，環珮發出清脆的聲響。這裏以衛夫人喻牡丹，形容其初開時高貴華麗的姿態。

❷ 越鄂君：越鄂君子皙，貌美，春秋時楚王的母弟。《說苑》載，鄂君子皙泛舟，越女擁楫（船槳）而歌，表示對他的傾慕，於是鄂君用繡被蓋越女。這裏與原故事不同，說越女以繡被覆蓋鄂君，形容含苞待放的牡丹。

❸ 垂手、折腰：舞名。古代有大垂手、小垂手、折腰之舞。鬱金裙：用鬱金香裝飾的裙子。這兩句是以婀娜的舞姿形容牡丹的花瓣枝葉在和風中搖動的美態。

❹ 石家：指西晉荊州刺史石崇家。據說石崇生活豪奢，用蠟燭代柴燒。剪：把燃盡的燭芯剪除。此句意謂石崇家的蠟燭要常剪燭芯才能光芒照耀，而牡丹卻不借外助而自然光彩奪目。

❺ 荀令：指三國魏尚書令荀彧，據說荀彧到人家裏，坐處三日餘香不絕。此句意謂荀令的衣香要用香爐去熏，而牡丹卻不用人工去熏亦芬芳撲鼻。

❻ 夢中傳彩筆：用南朝詩人江淹（公元 444 至 505 年）的故事。據說江淹曾夢見一人自稱是郭璞（東晉文學家，公元 276 至 324 年），對他說：「吾有筆在卿處多年，可以見還。」江淹從懷中掏出一枝五色筆還給郭璞，此後再寫不出好詩，時人謂之才盡，這就是「江郎才盡」典故的由來。此句反用典故，說自己與當初得到郭璞授予彩筆的江淹一樣，才華橫溢，佳句連篇。暗指令狐楚栽培他，使他擁有一枝彩筆。

❼ 朝雲：指傳說中楚王曾經在巫山夢遇的神女。這裏比喻自己所愛慕的才貌兼備的女子，意思是願與她共享牡丹的美豔姿容。

【賞析】

這首詩最突出的表現手法是善於用典，八句八個典故，分別從不同的角度形象地描寫了牡丹美麗的姿容，從含苞待放，芳容初展，到風中搖曳生姿，再到奪目光彩，撲鼻芬芳。最後兩句聯繫到自己，不但用彩筆細心描繪，還想將此欣賞時的感受寫出寄給至愛。典故雖多，但所寫內容不重複，一氣呵成。所以名詩人朱彝尊評道：「八句八事，而一氣湧出，不見襞積（重複）之跡。」

這首詩第五、六句用「何曾」、「可待」造成反問句，使句子顯得有力，也使全詩不呆滯、有變化，讀時要細心體會。

燕臺詩四首

【題解】

　　此詩係由春、夏、秋、冬四首詩組成的愛情詩。大約寫於大和八年（公元 834 年），李商隱二十二歲左右。

　　燕臺，即黃金臺。故址在今河北省易縣東南易水南，相傳戰國時燕昭王所建。他置千金於臺上，招聘天下賢士。這首情詩與黃金臺如何聯繫在一起呢？

　　原來唐人借用燕臺以稱地方官開設的幕府（官署），因許多人才被延聘其中。詩裏的女主角當是府主所聘的女子，即府主後房的姬妾。詩人久居幕府，很可能與其中某能歌善舞的姬妾產生感情，但事實又不可能結合，於是只有通過詩歌寄託苦苦相思之意。

　　李商隱在《柳枝五首》的序裏說：洛陽民間女子柳枝，能歌善舞，十

分喜歡他這首詩，並透過詩人堂弟乞詩，但詩未贈到手，她已被東諸侯奪去，像柳枝這樣的女子預知自己的命運，才能深為其中的描述所感動，可見詩的感人力量。

其一　春

【譯注】

風光冉冉東西陌，	美好春光漸失於田間小道，
幾日嬌魂尋不得❶。	嬌美的蹤影幾日也尋不到。
蜜房羽客類芳心❷，	花叢蜂蝶都有惜春的芳心，
冶葉倡條偏相識❸。	綠葉柔枝統統都是老相識。
暖靄輝遲桃樹西❹，	暖靄中斜暉映照桃樹之西，
高鬟立共桃鬟齊❺。	高聳髮髻與枝梢桃花並齊。
雄龍雌鳳杳何許❻？	雄龍和雌鳳相隔何其遙遠？
絮亂絲繁天亦迷。	柳絮亂游絲繁天亦為情迷。
醉起微陽若初曙，	醉醒見夕陽如初露的晨曙，
映簾夢斷聞殘語❼。	映照窗簾夢覺聞片斷囈語。
愁將鐵網冒珊湖❽，	愁緒滿懷想用鐵網繫珊瑚，
海闊天翻迷處所。	海上波湧連天珊瑚在何處。
衣帶無情有寬窄❾，	衣帶無情不斷由寬而變窄，
春煙自碧秋霜白。	春景空自碧綠如見秋霜白。
研丹擘石天不知❿，	研丹砂破石塊天並不知曉，
願得天牢鎖冤魄⓫。	只願天牢能鎖住我的冤魄。

夾羅委篋單綃起，	夾羅衫收箱篋換單薄綢衣，
香肌冷襯琤琤珮。	肌膚清涼襯托着琤琤玉珮。
今日東風自不勝，	今日東風自己都不能支撐，
化作幽光入西海。	化作了幽怨的光進入西海。

❶ 冉冉：漸漸地。陌：田間東西方向的道路，泛指田間的道路。按：田間南北方
向的小路叫阡，阡陌常合稱田間縱橫交錯的小路。嬌魂：指自己追求的佳人。

❷ 蜜房：蜂巢。羽客：有羽翼的昆蟲，如蜜蜂、蝴蝶等。郭璞：「亦托名於羽
族。」芳心：濃情蜜意。

❸ 冶葉倡條：美麗的樹葉與繁盛的枝條。徧相識：全都認識。徧，遍。

❹ 暖靄：和暖的暮靄。暮靄，黃昏的雲氣。

❺ 高鬟：高聳的鬟髻。鬟髻，環形的髮髻。桃鬟：枝梢的桃花，蓋因其繁茂似濃
密髮髻。

❻ 雄龍：喻自己。雌鳳：喻戀人。

❼ 夢斷：指美夢中斷醒覺。殘語：零碎片斷的夢囈。

❽ 鐵網罥珊瑚：古代海上漁民先用鐵網沉入海底，勾住磐石上的珊瑚，再舉起鐵
網採集。比喻自己將入海尋找戀人。罥，纏繞，牽繫。

❾ 有寬窄：有寬有窄，偏重在寬上。此句是說由於自己對戀人窮思苦追，因而消
瘦，衣帶變寬了。

❿ 研丹擘石：研（磨）碎丹砂，擘開石塊，但丹砂的鮮紅與石塊的堅硬不變，比
喻自己對情的堅貞不渝。《呂氏春秋》：「石可破也，而不可奪堅；丹可磨也，
而不可奪赤。」

⓫ 冤魄：冤魂，愛情得不到回應，冤屈難伸，故云。這句說希望天牢能鎖住自己
的冤魂，使之不要四處飄散，可以凝聚在戀人身邊。

【賞析】

這四首詩連貫一氣，內容寫多情的詩人對佳人的苦苦追求與神魂顛倒的思念。

《燕臺詩四首・春》寫詩人春日追尋佳人不得及懷思之情。首兩句說他在旖旎春光中孤獨地站在田間小路上東尋西找芳魂，但不見蹤影；三至六句寫葉綠枝柔，姹紫嫣紅的春景使之憶起往日與佳人相聚時的甜情蜜意及其如花的美貌。下面細寫別離後的紛亂的心緒，以及充溢宇宙的悲愁，為此日漸憔悴消瘦，春光虛度，如秋霜降臨，倍增淒涼。但不論環境多麼艱辛，自己的情感卻堅貞不渝。末四句中前兩句說自己在春光明媚的日子卻過着孤寂淒寒的生活，後兩句寫東風無力把春天長期留住，自己的愁恨只有像幽光（短暫而迅疾）東入於海而已，其中感歎青春的易逝、韶光的不再、愁恨的綿長，抒發了詩人對未來的絕望的情緒。

這首詩描寫苦思癡想、惆悵迷惘的情狀，十分細膩傳神。

其二　夏

【譯注】

前閣雨簾愁不捲 ❶，	前閣外雨簾不捲令人愁煩，
後堂芳樹陰陰見 ❷。	後堂中芬芳樹林陰森昏暗。
石城景物類黃泉 ❸，	石頭城的景物慘淡似陰間，
夜半行郎空柘彈 ❹。	夜半行人柘彈彈鳥亦枉然。
綾扇喚風閶闔天 ❺，	綾扇搖風有清風來自遠天，

輕幬翠幕波淵旋 ❻。	輕幬翠幕似波濤翻滾旋轉。
蜀魂寂寞有伴未 ❼？	寂寞的魂魄可有人來伴陪？
幾夜瘴花開木棉 ❽。	這幾夜瘴氣中已開放木棉。
桂宮留影光難取 ❾，	月宮仙女的光影難以捕取，
嫣薰蘭破輕輕語 ❿。	嬌美芬芳蘭花綻放輕輕語，
直教銀漢墮懷中，	真想叫銀河墮入我的懷中，
未遣星妃鎮來去 ⓫。	不必叫牛郎織女常常來去。
濁水清波何異源，	濁水與清波並非不同來源，
濟河水清黃河渾 ⓬。	但是後來濟水清而黃河渾。
安得薄霧起緗裙 ⓭？	怎麼能使薄霧升起於緗裙？
手接雲軿呼太君 ⓮。	迎接仙人車駕呼喚你芳名。

❶ 雨簾：雨絲如簾。不捲：久雨不晴，所以雨簾不捲起來。

❷ 芳樹陰陰見：樹木茂密，使周圍變得陰森。見，現，呈現。

❸ 石城：石頭城，即金陵，今江蘇省南京市。黃泉：指人死後埋葬的地穴，亦指陰間。

❹ 行郎：行人，詩人自指。柘彈：柘木做的彈弓，真珠為丸，用以彈鳥雀。柘，植物名，亦稱黃桑，葉子可餵蠶。夜半鳥雀棲息，所以說空柘彈，表示茫無所見。

❺ 綾扇：絲綢製的扇子。喚風：扇搖生風。閶闔：天門，上帝所居的紫微宮門。此句說搖動綾扇生風，猶如從天門吹來。

❻ 輕幬翠幕：輕盈翠綠的帳幕，此句寫夏日清風，吹得帷幕旋轉翻滾。淵：一作「洄」，旋渦。

❼ 蜀魂：即杜鵑，相傳古蜀國皇帝杜宇的魂魄所化，杜宇號望帝，後因讓位，亡去，化為杜鵑，但仍時時懷念故國，其聲淒厲，能動行旅歸思。這裏比喻遠去孤寂的佳人。

⑧ 瘴花：有瘴氣地方生長的花，即指木棉花。瘴，山林間濕熱蒸鬱使人得病之氣，雲南、貴州、四川、廣東等地皆有。

⑨ 桂宮：月宮，據說月中有桂樹，高五百丈，故又稱月為桂魄。

⑩ 嫣薰：形態美好，馥郁芬芳。

⑪ 星妃：指織女星。比喻思念的佳人。鎮：常，久。

⑫ 濟河：古代河流名。源出河南省王屋山，東流入今山東省境，再東北流，與黃河並行入海。此句與上句用曹植《七哀》詩中的「君若清路塵，妾若清水泥。浮沉各異勢，會合何時偕？」的意思，說明身份不同，難以偕老。

⑬ 緗裙：淺黃色的裙子。

⑭ 雲軒：仙人乘坐的雲車。太君：仙女，如《楚辭》中的湘君，指湘水中的仙女。

【賞析】

　　這首詩前四句是寫夏日陰雨不停，猶如詩人的愁悶瀰漫大地，陰暗環境與悽慘的心境交融在一起，詩人覺得一切均是如此茫然，所有的作為皆為徒勞。這種心境全由於對遠方佳人的思念，於是五至十句展開想像的羽翼，他想到此時遠在南國的戀人正搖着綾扇，居處的帳幕被清風吹得波浪般翻滾，寂寞的她該有朋友陪伴吧，木棉花已否盛開，於是戀人嬌美、光彩奪目的姿容，那嫣然的一笑、那輕柔的細語，都一一呈現在眼前，但都是可望而不可即，令人黯然。第十一、十二句詩人希望銀河墮入懷中，這樣雙方就不必像牛郎織女遠隔，而可以隨意來去。第十三、十四句又使詩人感到惆悵，因為二人身份不同，使得他們難以結合，相偕到老。最後詩人並不絕望，他冀盼戀人能駕雲車翩翩降臨，而自己將以狂喜的心情呼喚她的名字舉手歡迎。

此首的特點是通過想像來解除思念之苦，但正如李白所說：「抽刀斷水水更流，舉杯消愁愁更愁」，想像只是一副麻醉劑，藥性過去之後愁思當會更甚，寂寞必然加劇，這就是人生的悲哀。

其三　秋

【譯注】

月浪衡天天宇濕 ❶，	月浪橫流於蒼空天際潤濕，
涼蟾落盡疏星入 ❷。	秋月沉隱稀疏星光照入室。
雲屏不動掩孤嚬 ❸，	雲母屏風遮掩着我的愁思，
西樓一夜風箏急 ❹。	西樓鐵馬整夜急驟響不息。
欲織相思花寄遠，	要織相思花寄給遠方戀人，
終日相思卻相怨 ❺。	終日相思卻成了無窮恨怨。
但聞北斗聲迴環 ❻，	只聽到北斗星迴環聲響遍，
不見長河水清淺 ❼。	卻看不見銀河的水清與淺。
金魚鎖斷紅桂春 ❽，	銅鎖隔斷丹桂散發的芬芳，
古時塵滿鴛鴦茵 ❾。	久積的塵土佈滿了鴛鴦茵。
堪悲小苑作長道 ❿，	最可悲小苑變作荒涼長道，
玉樹未憐亡國人 ⓫。	誰會去可憐玉樹亡國之人。
瑤琴愔愔藏楚弄 ⓬，	和悅琴音隱藏哀怨的楚聲，
越羅冷薄金泥重 ⓭。	羅衣冷薄花紋亦深沉凝重。
簾鈎鸚鵡夜驚霜，	珠簾旁的鸚鵡被夜霜凍醒，
喚起南雲繞雲夢 ⓮。	啼聲喚起飛向雲夢澤的夢。

雙鎧丁丁聯尺素 ❶，　　　　　丁丁的雙璫聯着書信一封，
內記湘川相識處 ❶。　　　　　裏面記載在湘川相識往事。
歌唇一世銜雨看 ❶，　　　　　含着淚雨看信淚流歌唇邊，
可惜馨香手中故 ❶。　　　　　可歎情書翻得有磨損痕跡。

❶　月浪：月的光澤似波浪。衡天：橫佈天空。衡，通橫。一作「衝」，作衝刷解，
　　亦通。這句把月光喻為波浪可以橫佈天空，再進一步，既然天空橫佈水波，所
　　以「天宇濕」就成為合理的了。月光本是視覺看到的，現在有了濕度，屬於觸
　　覺的範圍，這是移覺通感的修辭手法，這種手法詩中常用。

❷　涼蟾：涼月，傳說月中有蟾蜍（癩蝦蟆），故借稱月為蟾。

❸　嚬：同顰，心中不悅而皺起眉頭，此句說雲母屏風無情地遮掩自己孤寂的愁容。

❹　風箏：即鐵馬，懸掛在宮殿廟宇等屋簷下的金屬片，風吹時撞擊發聲。此句說
　　西樓屋簷間的鐵馬在西風勁吹下發出驟急的聲響。

❺　相思卻相怨：產生這種相思化為相怨的心態是由於情人斷絕，音訊杳然，兩情
　　不能遙達所致。

❻　北斗聲迴環：北斗星旋轉時發出的響聲，北斗星旋轉本無聲，這裏用通感手
　　法，比喻它是機械，想像其發出聲響。

❼　長河：指銀河。晴天夜晚，天空呈現一條明亮的光帶，夾雜着許多閃爍的小星
　　星，看起來有如一條銀白色的河，故稱。既然稱為河，故想像其水清且淺。

❽　金魚鎖：形狀似金魚的銅鎖。紅桂春：開花的桂樹，象徵戀人。紅桂，即丹
　　桂，桂樹的一種，樹皮紅，故稱。這句是說青春貌美的戀人被鎖進似海的侯
　　門，難以相見。

❾　古時：指時間已很長久。鴛鴦茵：有鴛鴦圖案的褥子。茵，褥子。

❿　長道：即永巷，宮中長巷，幽禁有罪宮女的地方，此處用以比喻荒涼的地方。
　　永，長。

⓫　玉樹：即《玉樹後庭花》，樂府吳聲歌曲名。六朝陳後主（公元 587 至 589 年

中學生文學精讀・李商隱　　21

在位）所造，據說禎明初（公元 587 年），後主作新歌，辭甚哀怨，令後宮美人習而歌之，其辭曰：「玉樹後庭花，花開不復久。」時人以為這首歌曲預兆其政權不久長，過兩年果然被隋所滅。此句用陳後主比喻自己，說陳後主雖亡國，還有張、孔二貴妃為伴（二妃在亡國後與陳後主一同俘往長安，可以長相廝守），而自己卻形影相弔，無人憐惜。

⓬ 瑤琴：用美玉裝飾的琴。愔愔：形容琴音安靜和悅。楚弄：楚國的曲調，其音多哀怨纏綿。弄，曲調。

⓭ 越羅：越地（今江蘇、浙江省一帶）的羅衫。羅是質地稀疏的絲織品，所以說冷薄。金泥：即泥金，顏料名，用金箔與膠水製成的金色顏料，除用於書畫外，雕刻、服裝的髹漆亦多用之，有青赤兩種。重：顏色變得沉暗。

⓮ 南雲：象徵思念的夢魂。雲夢：雲夢澤，今湖南洞庭湖的別稱。

⓯ 雙璫：一對墜有玉石的耳飾。丁丁：象聲詞，形容玉石互相撞擊的聲音。尺素：古人用絹帛書寫，通常長一尺，故稱。

⓰ 湘川：湖南、四川的簡稱，這裏泛指南方。

⓱ 歌唇：善歌的嘴唇。銜雨：含着如雨的淚水。

⓲ 馨香：芳香的情書。手中故：情書看了多遍，都變得陳舊了。

【賞析】

　　這首詩寫詩人在秋夜對遙遠久違戀人的苦思。首四句寫秋夜的景色：月明星稀，天氣清涼，屋簷鐵馬聲急驟，自己在雲屏遮掩的後面通宵不眠，淒清的景色更增愁思。接着四句寫自己想編織相思的花式寄給對方，以表示相思之深，並因而生怨，但時光流逝，關山遠隔，彼此如銀河不可逾越。以下四句，先寫戀人被鎖進侯門，自己毫無心緒因而滿屋積塵，

然後寫周圍淒涼景色益增孤寂與難奈，接着以無人憐惜的亡國人自喻。其後四句寫琴音哀怨、羅衣冷薄，鸚鵡亦不堪夜霜而驚起，啼聲打斷甜蜜的夢。末四句想像對方接到自己的信悲喜交集，反覆閱讀、不忍捨手的情景。

此詩的特點是從多方面 —— 自然景色、琴音、鸚鵡啼聲來描寫氣氛，用以襯托主述者的思人的悲涼情緒，末尾聯想戀人看信淚流唇邊以及反覆看信把信看到陳舊，說明她對自己的深情，都寫得相當細膩動人，有立體感。

第一句「月浪衡天天宇濕」和第七句「但聞北斗聲迴環」用了移覺（通感）修辭手法，前者把月光說成月浪（都是從視覺出發），再說光波橫空，天空濕潤（轉為觸覺）。後者寫北斗星運行本屬視覺範圍，說它有聲即轉為聽覺。這種移覺的修辭法日常生活中常用，例如我們說冷色、暖色就是，色屬於視覺，冷暖屬於觸覺，但這麼一寫就使顏色有了質感。

李商隱的詩藝深受李賀的影響，第一句受到李賀的《天上謠》「銀浦流雲學水聲」（把天空呈現的夾雜許多閃爍的小星的一條光帶稱為銀河，既然是河，其流雲發出水聲，由視覺轉為聽覺就是合理的了）以及《夢天》「玉輪軋露濕團光」（玉輪指月亮，因為它圓如輪子，既然有輪子，就可以軋過露水，也就可能濕了，視覺在此轉為觸覺）的影響是十分明顯的。

其四　冬

【譯注】

天東日出天西下，	日頭從天的東邊出西邊下，
雌鳳孤飛女龍寡❶。	雌鳳孤獨飛翔而女龍守寡。
清溪白石不相望❷，	清溪小姑白石郎不能相見，

堂中遠甚蒼梧野 ❸。	她的居處遠過蒼梧的郊野。
凍壁霜華交隱起，	凍壁上的霜花隱約地浮起，
芳根中斷香心死。	芬芳樹根折斷了香心已死。
浪乘畫舸憶蟾蜍 ❹，	白白乘畫船探訪月宮仙女，
月娥未必嬋娟子 ❺。	嫦娥未必想像中那麼美麗。
楚管蠻弦愁一槩 ❻，	楚管蠻弦奏起一概使人愁，
空城舞罷腰支在 ❼。	空城舞罷也應該為我消瘦。
當時歡向掌中銷 ❽，	當時歡樂已在舞罷而散消，
桃葉桃根雙姊妹 ❾。	再無桃根桃葉姊妹那樣美。
破鬟委墮凌朝寒 ❿，	倭墮髮鬟凌晨寒風中震顫，
白玉燕釵黃金蟬 ⓫。	髮鬟插有白玉燕釵黃金蟬。
風車雨馬不持去 ⓬，	風車雨馬都無法把她帶去，
蠟燭啼紅怨天曙 ⓭。	蠟燭啼紅淚哀怨等待曙曉。

❶ 雌鳳：疑為雄鳳之誤，與下面的「女龍」相對，《燕臺詩四首·春》中亦有「雄龍雌鳳杳何許」之語。此句亦寫男女分離，形單影隻。

❷ 清溪白石：古樂府中有《清溪小姑曲》與《白石郎曲》。前曲云：「開門白水，側近橋梁。小姑所居，獨處無郎。」後曲云：「白石郎，臨江居，前導江伯後從魚」、「積石如玉，列松如翠。郎豔獨絕，世無其二」。句中小姑喻女方，白石郎喻男方。

❸ 堂中：居處。蒼梧：山名，亦稱九疑山，在今湖南省寧遠縣東南，傳說虞舜南巡，崩於蒼梧之野。娥皇、女英二妃自湘江望蒼梧而泣，淚灑竹上，成斑竹。

❹ 浪：空自，白白地。畫舸：以彩圖為飾的船。蟾蜍：見《燕臺詩四首·秋》，注 ❷。

❺ 月娥：月裏嫦娥。嬋娟子：美麗的女子。

❻ 楚管：楚地的管樂器（笙簫等）。楚，指湖北、湖南一帶。蠻弦：南方的弦樂

器（琴瑟等）。蠻，南方種族，這裏指南方。一槩：即一概，全部。槩，概。

❼ 腰支：即腰肢。這句是倒裝句，應該是「腰支舞罷空城在」。

❽ 歡向掌中銷：歡樂隨掌中舞罷而消歇。掌中，相傳漢成帝后趙飛燕體態輕盈，能作掌上舞。

❾ 桃根桃葉：桃葉，晉書法家王獻之的妾侍。桃根是其妹。古樂府有《桃葉歌》：「桃葉復桃葉，桃樹連桃根。相鄰兩樂事，獨使我殷勤。」據說是王獻之臨渡口歌以送之。

❿ 破鬟：疑為「雙鬟」，因為是分作兩邊，故稱。委墮：即倭墮，髮鬟款式名。古樂府《陌上桑》寫女主角羅敷有「頭上倭墮髻，耳中明月珠」之句。此類髮鬟在唐代十分流行，長安婦女多為之。一說是盤桓髻。

⓫ 白玉燕釵：白玉做的燕形的釵。釵，舊時婦女別在髮鬟上的一種首飾，由兩股簪子合成。黃金蟬：黃金製成的蟬形首飾。

⓬ 風車雨馬：以風為車，以雨為馬，指狂驟的風雨。

⓭ 蠟燭啼紅：把紅燭燃燒時滴下油，說成是蠟燭啼哭，哭出紅淚，這是擬人化的寫法。這種寫法與杜牧的《贈別》：「蠟燭有心（指蠟芯）還惜別，替人垂淚到天明」相同。

【賞析】

這首詩寫冬夜的苦苦思念，對愛情的絕望之情充溢全篇的字裏行間。

首兩句寫冬日天短，太陽剛從東方升起旋即西沉，夜晚更覺形單影隻的孤寂。三、四句寫這對情人本來是青溪小姑與白石郎雙雙成對，但事與願違，不能相見，生離有如死別。五、六句寫天氣酷寒，凍壁生霜華，樹從根到心全已斷絕，象徵情愛的幻滅。七、八句寫自己在無可奈何之際，只有想像乘畫舸去探尋嫦娥，但即使見到嫦娥也無法滿足，因嫦娥未必比

自己戀人貌美。九、十句又回到人間，說什麼樂音都無法銷解內心憂愁，而戀人的婀娜舞腰已跳完，現在只剩下空城，令人惆悵。十一、十二句慨歎二人往昔的歡樂已隨掌上舞而消逝，像桃葉桃根兩姊妹那樣善歌長舞的美女也難再見到了。第十三、十四句不禁又想起戀人的裝扮，末兩句緊接着說一切她美好的印象，風車雨馬均無法將它帶走。思想起那些印象，自己惟有愁對紅淚流淌不停的蠟燭徹夜不眠。

此詩用了四個典故，但即使我們不知典故內容也可大致體會到其內容，可能不知反而有助不受羈絆自由地想像。這也是用典的技巧，李商隱在這方面是能手。

這是組詩的末首，詩人在第十至十三句點明他所思念的人是能歌善舞的女子，再加上《燕臺詩四首‧秋》中「金魚鎖斷丹桂春」，大致上可以推測出這位女子的身份是被鎖進豪門府第、善歌舞的姬妾，可能就是下首《柳枝五首》中被東諸侯奪去的柳枝。

有人會問，據《柳枝五首》的序說，柳枝是在被東諸侯奪去前讀到此詩的，怎麼解釋呢？據葉蔥奇說，柳枝讀到的可能不是這首，而是另一首，此解釋可聊備一說。

應該指出的是，中國古代文人常在幕府工作，他們有才華，與能歌善舞又喜歡吟詩的府主的姬妾相互愛慕並非罕事，《聊齋志異》的作者蒲松齡在江蘇省寶應縣知府孫蕙處當幕賓時，就與孫氏的寵姬顧青霞有很深的感情，把她引為知己。他特別為她選了百首唐人絕句，供她吟哦，她死後還念念不忘其吟詩的美音：「吟音彷彿耳中存，無復笙歌望幕門。燕子樓中遺剩粉，牡丹亭下弔香魂。」

由於這種兩情相悅是不可以公開的，這就決定了李商隱這四首《燕臺詩》的隱晦難明。與《錦瑟》一樣，這也是他的最難懂的作品之一，每位箋釋者均有不同的理解，充分顯示出作品的多向性與朦朧性。

柳枝五首（有序）

【題解】

此詩寫於唐文宗大和九年（公元 835 年）。

在本詩的序言裏，作者說它是獻給愛讀他的《燕臺詩四首》並向他乞詩的女子柳枝的，但詩未到手，柳枝已被東部的方鎮強娶去。第二年，詩人寫了此詩，託表兄讓山貼在柳枝的故居。詩中對他們有緣無份的愛情引為終生憾事，並抒發了深深的思念。此情思不但表現在這首詩中，還表現在他許多首詠柳的詩中。

此詩序言如下：

柳枝，洛中里娘也 ❶。父饒好賈 ❷，風波死湖上。其母不念他兒子，獨念柳枝。生十七年，塗妝綰髻 ❸，未嘗竟，已復起去。吹葉嚼蕊 ❹，調絲擪管 ❺，作天海風濤之曲，幽憶怨斷之

音。居其旁，與其家接故往來者❻，聞十年尚相與❼。疑其醉眠夢物，斷不娉❽。余從昆讓山❾，比柳枝居為近。他日春曾陰。讓山下馬柳枝南柳下，詠余《燕臺詩》。柳枝驚問：「誰人有此？誰人為是？」讓山謂曰：「此吾里中少年叔耳❿。」柳枝手斷長帶，結讓山為贈叔乞詩。明日，余比馬出其巷⓫，柳枝丫鬟畢妝⓬，抱立扇下⓭，風障一袖⓮，指曰：「若叔是⓯？後三日，鄰當去濺裙水上⓰，以博山香待⓱，與郎俱過。」余諾之。會所友有偕當詣京師者⓲，戲盜余臥裝以先，不果留。雪中讓山至，且曰：「東諸侯取去矣⓳。」明年，讓山復東，相背於戲上⓴。因寓詩以墨其故處云㉑。

【譯注】

　　柳枝是洛陽城裡巷的女子，父親富有很會做生意。因風浪翻船溺斃湖中。母親不關心別的兒子，只疼愛柳枝。她十分任性，十七歲了，化妝、梳髻還沒完畢，就站起來跑出去。她一邊吹葉子，一邊嚼花蕊。挑撥琴弦，吹弄簫管，能演奏出天風海濤般豪壯的曲調，憂怨悽絕的樂音。我住在她的隔鄰，與其家相識已十年，迄今仍交往。可能由於她太過嬌縱，所以無人聘娶。我的堂兄讓山，也和柳枝居處相近。有一個春日，陰雲密佈，讓山把馬繫在柳枝家南邊的柳樹下，吟詠我的《燕臺詩》（即前首《燕臺詩四首》），柳枝聽後，吃驚地問：「是誰有這樣的作品？是誰寫出這樣的詩歌？」讓山答道：「這是我同里中的年少堂弟撰寫的。」柳枝用手把長帶扯斷；打上結請讓山轉贈給我，並向我討詩。第二天，我和讓山並馬來到她住的里巷，柳枝梳個丫形的鬟髻，妝扮完畢，抱臂立在門扇下面，

風吹動衣袖，遮住了玉手，她指着我說道：「這位就是你的堂弟嗎？三天後我要去洛水邊洗裙子，屆時我會焚香等待，請你同去吧。」我答應了。正好有一個要跟我同去京師的朋友和我開玩笑，偷偷把我的行李先帶走，我不能逗留到跟她相約的那天。冬天下雪的時候，讓山來到京師，對我說：「柳枝被東諸侯娶走了。」第二年，讓山又到東邊去，與我相別在戲水之上，於是託他帶去這組詩，請他題在柳枝原居處。

❶ 里娘：里中的少女。里，古代居民聚住的地方，二十五家為一里。

❷ 饒：富裕。好賈：善於經商。

❸ 塗妝綰鬐：塗胭脂搽粉。把頭髮綰起來梳成鬐。綰，把長條形的東西盤繞起來打成結。

❹ 吹葉：把葉片放口中吹出聲音來。嚼蕊：咀嚼花蕊。此句形容她調皮活潑的神態。

❺ 調絲擪管：撫琴吹簫。調，撫弄。絲，琴瑟等弦樂器。擪，用手指按捺，管樂須按捺樂器的孔吹奏，故言擪管。

❻ 接故往來者：交接成為故友不斷往來。者，語助詞，無義。

❼ 相與：交往。

❽ 醉眠夢物：生活在醉夢之中，顛三倒四，沒有規律，說明她嬌縱，不受約束。斷不娉：無人聘娶。娉，同聘，娶。

❾ 從昆：堂兄。

❿ 叔：古人以伯、仲、叔、季排行，叔在兄弟中排行第三，在這裏當弟弟講。

⓫ 比馬：騎馬並進。比，並。

⓬ 丫鬟：頭上梳雙髻，有如樹丫叉，故名。這是古代未嫁女子的髮型。

⓭ 扇下：門扇下面，即門口。

⓮ 障：遮擋。

⓯ 若叔是：他是你堂弟？若，你。這是倒裝句，原句為：你堂弟，是嗎？

⓰　濺裙水上：古人有正月時到水邊洗裙子以消災的習俗。濺，同濔，洗。

⓱　博山香：博山爐的香氣。博山爐，古代博山出產的香爐，室內燻香的工具。形如山，中有孔，可透香氣。古詩中常用博山爐和香比喻情人和自己，以說明他們的愛情的不可須臾分離。南朝樂府：「歡（你）作沉水香，儂（我）作博山爐。」歡，男女稱所暱愛的人。沉水香，古代用沉香（植物）製作的香。這句含有柳枝對作者示愛之意。

⓲　詣：往，至。

⓳　東諸侯：東方的方鎮。

⓴　相背：分離。戲上：戲水之上。戲水，源出今陝西省臨潼縣南驪山，北流入渭水。

㉑　寓詩：寄遞詩歌。墨：題，寫。

<h1 align="center">其一</h1>

【譯注】

花房與蜜脾 ❶，	美麗的花冠，多孔的蜜脾，
蜂雄蛺蝶雌 ❷。	勤奮的雄蜂，彩色的雌蝶。
同時不同類，	雖同時相處，可惜不同類，
那復更相思？	既無緣相配，何必苦相思？

❶　花房：即花冠，花的組成部分之一，由若干花瓣組成。蜜脾：蜜蜂營造的孔穴相連的巢房，形似脾臟，故名。

❷　蜂雄：雄蜂。蛺蝶雌：雌蝴蝶。

【賞析】

　　此詩句法十分奇特，一、二句並列出四種物體：花房、蜜脾、雄蜂、雌蝶，詩人並未對四者之間的關係作任何說明，而由讀者自己去重組：雌蝶在花房採花粉，雄蜂在營造蜜脾。雌蝶喻柳枝，雄蜂乃自比。三、四句以蜂蝶喻戀人，雖然共同生活在春天，但由於不同類，難以成雙成對，共偕連理，既然如此，再相思又有什麼意義呢？意謂李商隱的出身是王室後裔，身份是文官，而柳枝出身乃商人，身份係方鎮姬妾（歌伎），根本不相類同，他們的愛情既然不能開花，亦不會結果，既然相思無用，何必多此一舉呢？這是從反面抒發詩人對戀人思念的殷切，以及對愛情絕望的思緒。沒有經過情海滄桑的人，是寫不出這種迴腸蕩氣的作品的。

其二

【譯注】

本是丁香樹 ❶，　　　　　　　原本是無憂無慮的丁香樹，
春條結始生 ❷。　　　　　　　怎奈春天抽條生出了愁結。
玉作彈碁局 ❸，　　　　　　　用白玉製造出來的彈棋盤，
中心亦不平。　　　　　　　　它的中央也同樣隆凸不平。

❶　丁香樹：即紫丁香，亦稱「華北紫丁香」。木犀科，落葉灌木或小喬木，葉對
　　生，卵圓形或腎臟形。春季開花，花紫色或白色，有香味，花冠成長筒狀。原
　　產我國北部，現廣為栽培，供人觀賞。

❷　春條：春天長出的枝條。結：丁香結，丁香的花蕾，有含苞不吐之意，在此句

中，結當「愁結」講。

❸ 彈棋：古代棋類遊戲，現在已經失傳，據古書記載，其棋盤中間隆起，故云「不平」，這裏喻內心的不平。棋，同棋。

【賞析】

此詩前兩句，以丁香比喻愛情。其中「結」從表面看指丁香結（丁香含苞未放的花蕾），丁香在春季抽出枝條以後，在枝條上生出「結」來，但從內層來看，指的是愛情遭受挫折而生的內心「愁結」。李商隱在《代贈》中說：「芭蕉不展丁香結，同向春風各自愁。」意思是內心像芭蕉葉舒展不開，像丁香花蕾合團成結，一同對着春風愁恨頻生。「春條結始生」是比喻他和柳枝的愛情剛萌生，柳枝就被有權勢的東諸侯強娶去。後兩句用彈棋棋盤的不平比喻柳枝被強娶的不平，也抒發了詩人內心的憤懣不平。詩人的情思通過兩個具體的意象展現在人們眼前，含蓄而餘韻不盡。

其三

【譯注】

嘉瓜引蔓長 ❶，	嘉美的瓜拖引的爬蔓好長，
碧玉冰寒漿 ❷。	碧綠的玉鎮在寒冰的下方。
東陵雖五色 ❸，	東陵侯的瓜雖然鮮美無比，

不忍值牙香 ❹。　　　　　　　　但我卻不捨得拿它來品嚐。

❶　引蔓長：向周圍擴展或延伸的瓜的莖蔓拖拉得很長。比喻思念之情綿長。

❷　碧玉：指瓜果外形色澤鮮豔如碧玉。比喻柳枝的美貌。冰寒漿：冰在寒冷的水
　　中。冰，作動詞用。漿，液體，這裏指水。古人吃果瓜，常用井水或冰水浸
　　泡，與今天冰鎮食物相似。

❸　東陵：漢代的召平，秦時被封為東陵侯。秦亡後，為平民，家貧，在長安城東
　　種瓜，瓜味甜美，時稱「東陵瓜」。東陵，即東陵瓜。五色：描繪瓜果五色斑
　　斕，源自三國魏詩人阮籍《詠懷》：「昔聞東陵瓜，近在青門外。……五色曜
　　（輝耀）朝日，嘉賓四面會。」

❹　值牙香：與牙齒接觸（即把瓜吃了），留下餘香。值，逢遇，接觸。牙香，亦
　　即頰齒留香，形容食物香美可口。

【賞析】

　　這首詩第一句用瓜莖之長比喻他對柳枝的思念之情的綿長。屈復說：
「蔓長喻思長」，頗有道理。

　　第二句把碧玉與瓜相聯，源於古樂府《碧玉歌》：「碧玉破瓜時，郎為
情顛倒。」歌中碧玉，是宋汝南王妾侍。郎，指汝南王，碧玉是在十六歲
時（古人稱女子十六歲為破瓜之年）為汝南王所娶，正與柳枝為東諸侯所
娶同，可見碧玉喻柳枝。這句碧玉用得甚妙，可有多重的含義，分表層和
深層兩大類：表層為碧綠的玉，或與首句聯繫，形容瓜美若碧玉；深層首
先將浸在冰水中的碧玉比喻柳枝，再將南朝宋美女的容貌和命運與柳枝相
聯繫，於是一位冰清玉潔而命運多蹇的少女形象突現在我們眼前。當然重
點還是側重其美麗姿容。

第三、四句意思比較隱晦，有多種不同解釋，有一種說法較合理：東陵瓜喻柳枝，也有深淺兩層含義，淺層依然說瓜，因為嘉瓜五色斑斕，所以我不忍放在嘴裏品嚐它的香甜；深層依然說人，因為怕傷害美麗的姑娘，所以我一向克制自己而不敢放縱感情，但是只解釋到此，還沒說透。我認為應循此深入下去，看出詩人的遺憾，那就是由於自己的克制，以致失諸交臂，讓東諸侯強娶了柳枝。此遺憾是終生無法彌補的。

不能把此詩孤立於整組詩來讀，把它看成純粹描繪柳枝的脫俗的美的詩，因為寫此詩時他的內心是充滿「不平」的啊。

其四

【譯注】

柳枝井上蟠 ❶，	柳枝在井欄上層層盤纏，
蓮葉浦中乾 ❷。	蓮葉在河水旁凋萎枯乾。
錦鱗與繡羽 ❸，	五彩的游魚與斑斕的飛鳥，
水陸有傷殘。	河水中陸地上都遭到摧殘。

❶ 蟠：盤繞。

❷ 浦：水邊。

❸ 鱗：魚鱗，借代魚。羽：羽翼，借代鳥。此句形容游魚飛鳥色彩的美麗。

【賞析】

　　此詩首句的「柳枝」，可說是柳樹的枝條，亦喻柳枝其人。敘寫柳樹的枝條盤繞在井欄上，說明它生長的不是地方，不能在河畔迎風招展。這裏用以比喻柳枝被東諸侯強娶的苦況，陪伴着她所不愛的人，侯門似海，春風永遠吹不到。次句蓮葉乃自況，蓮本應生於池塘湖泊中，而今卻不幸棄置水旁，豈能不萎謝枯乾。

　　三、四句的「錦」、「繡」二字，兼形容「鱗」與「羽」，也可說成「錦羽」、「繡鱗」。「水陸」則分別承接「鱗」與「羽」，兩句是說，游魚在水中、飛鳥在陸上都受到摧殘，游魚、飛鳥分別比喻詩人自己與柳枝，可見此一沒有結果的愛情對他們心靈的傷害之甚。

　　特別要注意的是一、二句與三、四句中的比喻是相互關聯的。飛鳥棲止柳枝上，游魚戲於蓮葉間。由於「柳」、「蓮」生在不適合它們生長的地方，所以「鱗」、「羽」自然要受到惡劣處境的影響。表面上寫的是自然環境，實際上是暗示社會環境，因為正是此環境摧殘了詩人與柳枝未開花的愛情。

其五

【譯注】

畫屏繡步障 ❶，	不論是畫屏抑或繡的步障，
物物自成雙。	種種的物象皆成對對雙雙。
如何湖上望 ❷，	為什麼往湖上遠遠地望去，

只是見鴛鴦 ❸ ？　　　　　　　只是看見形影相隨的鴛鴦？

❶　畫屏：用彩圖裝飾的屏風。步障：古代顯貴出行時用以遮蔽風寒塵土的帳幕。

❷　如何：為什麼。

❸　鴛鴦：鳥類，像野鴨，善游泳，雌雄多成對生活在水邊，文學上常用來比喻夫妻。

【賞析】

　　此首抒發詩人與柳枝無法成眷屬的遺憾。他懷念柳枝，想到周圍用具 —— 屏風上，步障上繪畫的全是成雙成對的物象，事實是世上禽獸亦無不如此，而惟獨自己與此乖違。

　　三、四句是由想像回到現實，他抬頭看到湖上有鴛鴦成雙成對地歡快地游，不禁發出為什麼在他眼前所呈現的都是幸福的場景，偏偏自己是如此的不幸的慨歎。由此可見詩人陷入失戀的痛苦的深淵中已經不能自拔了。

　　這五首詩極少用典故，主要是以自然樸素的語言抒發對失去的愛情的悵惘，在白描之中透露出真情。

　　讀這一組詩要特別注意一點，那就是李商隱曾寫大量的情詩，但絕大多數都未具體指出情愛的對象，更遑言其本事了。這首十分特別，愛戀的對象及本事在一篇長達二百五十九字的序言中詳細敍述出來，可見他對柳枝關愛之深切。

【題解】

這首詩可能寫於大和九年（公元 835 年）。

駱氏亭，說法不一。可能是指唐代處士駱峻寓居的亭榭，在霸陵（今陝西省長安縣東）附近。崔雍、崔袞：是李商隱的從表兄弟，其父崔戎賞識他，並不斷照顧及扶植他，但是崔雍、崔袞尚年幼，就已去世。李商隱自然十分關心他們，所以遠離之後，思念殷切，遂借詩寄託懷念之情。

《紅樓夢》第四十回中，林黛玉說她獨愛此詩末句：「留得殘荷聽雨聲」（其中她將「枯」誤為「殘」字），曹雪芹以此句表現林黛玉的孤苦淒楚，可見他對此詩情有獨鍾。

【譯注】

竹塢無塵水檻清 ❶，　　　　　　竹塢潔淨無塵水檻清清，
相思迢遞隔重城 ❷。　　　　　　遙遠的思念隔重重的城。
秋陰不散霜飛晚，　　　　　　　秋日陰雲密佈霜降得遲，
留得枯荷聽雨聲。　　　　　　　留下枯荷聽雨打的響聲。

❶　塢：築屏障用來養花木的地方，如梅塢、辛夷塢是養花，竹塢則是養竹。水
　　檻：臨水有窗的廊子或小屋的欄杆。

❷　迢遞：遙遠。重城：一座座城池。

【賞析】

　　詩的第一句寫駱氏亭周圍的環境，塢中竹林碧綠潔淨，從欄杆下視秋水清澄。在此幽靜的環境中，思念重重城關之外的崔氏兄弟之情油然而生，再面對烏雲密佈，四顧迷濛，更聽到風吹雨打枯荷發出的哀音，遂牽動難以排遣的離愁。這與李清照的《聲聲慢》中的「梧桐更兼細雨，到黃昏，點點滴滴。這次第，怎一個愁字了得」的情景相似。李清照點出了愁字，而李商隱在這首詩中卻讓讀者透過景物的描寫自己去揣摩作者的心緒，顯得含蓄得多。所以紀昀說：「不言雨夜無眠（失眠），只言枯荷聒耳，意味乃深，直說則盡於言下矣。相思二字，微露端倪（頭緒，指第二句透露相思之意）；寄懷之意，盡在言外。」

　　此外，「留得枯荷聽雨聲」，本身表現出一種古代詩詞中得未曾見的意境，這種意境與「雨打梧桐」、「雨打芭蕉」迥然不同，它顯示一種病態的美。曹雪芹安排了病美人林黛玉道出對此句的獨愛，是與其性格一致的。

曲江

【題解】

　　曲江，池名，是唐代長安的遊覽勝地。故址在今陝西省西安市東南，以池水曲折得名。唐玄宗開元年間加以疏鑿，池面七里，池岸有紫雲樓、芙蓉苑、杏園、慈恩寺、樂遊原諸勝。花卉環周，煙水明媚，每年中和（二月初一）、上巳（三月初三），遊客如雲。秀士登科，亦賜宴於此。安史之亂（公元 755 至 763 年）後，建築物頹落毀敗。唐文宗大和九年（公元 835 年）二月，重新修繕曲江亭館，十月宴群臣於曲江亭。十一月發生「甘露之變」（宰相李訓與鄭注、王涯等人密謀鏟除專權朝政的宦官集團，事敗，反被誅殺，株連者千餘人。詳情參看《行次西郊作一百韻》第二部分「譯注」❺），流血千門，僵屍萬計，修繕事遂罷，曲江從此變得更為殘破荒涼。這首詩可能是「甘露之變」後第二年遊曲江後寫下的。

這是一首政治抒情詩。詩中借曲江的興廢寄寓了對唐王朝由盛而衰，敗亡命運已無可挽救的悲痛之情。

安史之亂爆發後，唐肅宗至德二年（公元 757 年）春天，杜甫經過長安，曾遊曲江，見到曲江江頭宮殿千門深鎖，草木空自碧綠的情狀，回憶當年楊貴妃與唐玄宗遊江時的熱鬧景象，黯然神傷，寫下《哀江頭》憑弔一番。李商隱這首《曲江》可能是受杜詩的啟示而作。

【 譯注 】

望斷平時翠輦過 ❶，	極目望盡不見平時翠輦經過，
空聞子夜鬼悲歌 ❷。	空自聽到子夜時分鬼魂悲歌。
金輿不返傾城色 ❸，	乘坐金輿的美麗妃嬪不復返，
玉殿猶分下苑波 ❹。	玉殿的御溝依然與曲江分波。
死憶華亭聞唳鶴 ❺，	陸機臨死憶起華亭聽到鳴鶴，
老憂王室泣銅駝 ❻。	索靖到老憂心王室哭向銅駝。
天荒地變心雖折 ❼，	天翻地覆的變故令心摧腸折，
若比傷春意未多 ❽。	若比起傷春的情懷還差得多。

❶ 望斷：用盡目力而看不見。翠輦：車蓋上以翠羽裝飾的輦。輦，古代人推着走的車子，秦漢後特指君后乘坐的車子。

❷ 子夜：夜半子時，晚上十一點到一點。這句可能混用了《晉書·樂志》裏的典故：「孝武太元中（公元 376 至 396 年）瑯琊王軻之家有鬼歌《子夜》。」《子夜歌》，乃古樂府曲名，女子子夜所造。

❸ 金輿：黃金裝飾的車。傾城色：形容女子姿色美麗、迷人。《漢書·孝武李夫人傳》：「北方有佳人，絕世而獨立。一顧（一轉過頭來看）傾人城，再顧傾人

國。」說美人的魅力足以傾覆家邦。這句是借代妃嬪。全句意思是說妃嬪一去不復返。這是倒裝句，原本應為：「傾城色（后妃的）金輿不返。」

❹ 玉殿：玉石砌的宮殿。這裏指宮殿裏的溝渠。下苑波：曲江流水。這句是說曲江的流水依然分波（即分流入）給玉殿旁的御溝，因曲江與御溝相通。

❺ 華亭唳鶴：西晉陸機為成都王司馬穎率兵討伐長沙王司馬乂。兵敗，宦官孟玖在司馬穎面前讒害他，被誅。臨刑前歎曰：「華亭鶴唳，豈可復聞乎？」遺憾自己今後再聽不到華亭的鶴鳴聲。華亭，在今上海市松江縣，是陸機的故鄉。

❻ 王室泣銅駝：西晉滅亡前，索靖預見到天下將會大亂，指着洛陽宮門的銅駱駝歎道：「會見汝在荊棘中耳。」戰亂之後，帝王率宮人逃亡，宮殿無人照管，野草叢生，銅駝均埋其中。荊棘，山野叢生的帶刺小灌木。

❼ 天荒地變：天翻地覆的重大變故，指「安史之亂」、「甘露之變」。

❽ 傷春：為春天的逝去而悲傷。這裏是說為唐王朝走向衰亡的趨勢已不可避免而哀傷。

【 賞析 】

詩首兩句極寫曲江經過「安史之亂」與「甘露之變」後的滿目淒涼陰森恐怖的景象，「平時翠輦過」是指以往唐玄宗或唐文宗在動亂前與后妃臨幸曲江的盛景。三、四句的內容與首句的「望斷」相聯，是說再見不到乘坐金輿來遊覽者的蹤影，只看見曲江流入御溝的水仍然揚波，其中蘊含宮室依舊而人事全非的感歎，讀時要注意「猶」字的份量。第五句用陸機的被宦官孟玖所讒被誅，比喻宦官殺戮李訓、鄭注，以索靖泣銅駝比喻自己對經過兩次大動亂後唐室面臨崩潰的憂心。最後兩句是緊接前兩句進一步說，天翻地覆的重大變故雖然使自己悲摧，但比起為唐王朝日益黯淡終

將敗亡的命運而哀傷卻差得很多。因為大動亂可以平定，而唐王朝的衰敗已成定局，縱有妙手，亦回春乏術。

此詩用華麗的詞藻（如「翠輦」、「金輿」等）來反襯曲江亂後的荒蕪死寂，更能將經過變亂的曲江的頹敗景象表現出來。

詩的前四句是根據杜甫的名作《哀江頭》寫下的。《哀江頭》中有「昭陽殿裏第一人（指楊貴妃），同輦隨君侍君側。輦前才人（宮女嬪妃）帶弓箭，白馬嚼齧黃金勒（勒着帶嚼以黃金為飾的馬籠頭）」，此詩中有「望斷平時翠輦過，金輿不返傾城色」；杜詩中有「明眸皓齒今何在？血污遊魂歸不得」（楊貴妃已香消玉殞，變成血污遊魂回不來），此詩有「空聞子夜鬼悲歌」，所以讀了杜詩，再讀此詩，對詩意的瞭解就更具體、更形象了。

行次西郊作一百韻

【題解】

　　唐文宗開成二年（公元 837 年）冬，詩人從興元（今陝西省漢中市）回到長安，路經長安西郊地區，目睹當時農村破落衰敗的景象，牽動詩人深廣的憂患，創作了這首長達二百行、可與杜甫的《北征》相媲美的史詩作品（按《北征》才一百四十行），形象地再現了唐朝興盛衰敗的全過程。

　　次，古代行旅止宿某地，叫做次。一百韻，一韻兩句，一百韻，即二百句。這首詩共用了真、文、元、先、寒、刪六韻，以真、文、元韻為主。

　　這首詩很長，為閱讀時翻查的方便，茲分段譯注。

【譯注】

蛇年建丑月 ❶，	在丁巳年冬季十二月，
我自梁還秦 ❷。	我打從梁州返回三秦。
南下大散嶺 ❸，	先南下峻險的大散嶺，
北濟渭之濱 ❹。	再北上渡過渭水之濱。
草木半舒坼 ❺，	草木大半已乾枯開裂，
不類冰雪晨。	不像冰天雪地的冬晨。
又若夏苦熱，	卻似酷熱難當的夏日，
燋捲無芳津 ❻。	曬得焦枯捲縮失水分。
高田長檞櫪 ❼，	高田長滿檞樹與櫪樹，
下田長荊榛 ❽。	下田遍佈野生的荊榛。
農具棄道旁，	農具件件棄置於道旁，
饑牛死空墩 ❾。	耕牛隻隻餓死在空墩。
依依過村落，	我難過地經過一村落，
十室無一存。	十戶中沒有一戶幸存。
存者皆面啼 ❿，	幸存的人都背面哭啼，
無衣可迎賓。	沒有衣裳可迎接來賓。
始若畏人問，	開始時好似怕人詢問，
及問還具陳。	等到詢問也詳細述陳。

❶ 蛇年：指唐文宗開成二年（公元 837 年）丁巳，巳在十二生肖中屬蛇，故云。

　　丑月：十二月，陰曆以寅月為首月，推算到臘月（十二月）為丑月。

❷ 梁：梁州，治所在興元（今陝西省漢中市），在陝西省西南部，鄰接四川省。

　　秦：三秦，今陝西省，這裏指長安。

❸ 大散嶺：在陝西省寶雞縣西南。

④ 濟：渡河。渭：渭水，源自甘肅省，流入陝西省境。

⑤ 舒坼：乾枯開裂。

⑥ 燋捲：焦枯捲起。燋，通焦。芳津：芳香和水分。津，津液。

⑦ 高田：高地的田。櫟檞：都是殼斗科落葉喬木，木材可充薪炭。

⑧ 下田：高地下面的田。荊榛：即荊棘，泛指山野叢生帶刺的小灌木，使道路阻塞。

⑨ 空墩：荒涼的土堆。

⑩ 面啼：背着面啼哭。面，在古代有背之而不面向的意思。

　　以上是第一部分，寫詩人從梁到秦，經過長安郊區，目睹農村凋蔽荒涼，百姓衣不遮體，然後透過村民之口，敍述產生此一情況的前因後果。給我們展開一幅唐朝從興盛到衰亡的歷史畫卷。

右輔田疇薄 ❶，	京城以西的田地薄瘠，
斯民常苦貧。	這裏民眾常陷於貧困。
伊昔稱樂土 ❷，	以往此地被稱為樂土，
所賴牧伯仁 ❸。	全依賴州官仁德愛民。
官清冰如玉，	官員清廉似冰又如玉，
吏善如六親 ❹。	他們和藹善良像親人。
生兒不遠征，	生了兒子不必去遠征，
生女事四鄰。	養了女兒可以嫁近鄰。
濁酒盈瓦缶 ❺，	濁酒裝滿家家的酒罐，
爛穀堆荊囷 ❻。	爛穀堆積戶戶的糧囤。
健兒庇旁婦 ❼，	健壯的男子多娶妾侍，
衰翁舐童孫 ❽。	衰弱的老翁撫愛幼孫。

況自貞觀後 ❾，	況且從我朝貞觀以後，
命官多儒臣 ❿。	任命的官吏多是文臣。
例以賢牧伯 ⓫，	按規定把賢能的州官，
徵入司陶鈞 ⓬。	徵召入朝廷委以重任。

❶ 右輔：漢代長安有京兆尹、左馮翊、右扶風三輔。長安以西一帶地區屬右扶風，故李商隱稱之為「右輔」。輔，京城附近的地區。田疇：耕田。田與疇同義，是同義複合詞。

❷ 伊昔：往日。伊，語首助詞，無義。

❸ 牧伯：州牧、方伯的合稱，州郡的最高行政長官。

❹ 六親：泛指最親近的六種親屬，具體指那些親屬則說法不一。較流行的一種為父、母、兄、弟、妻、子。

❺ 濁酒：混濁的酒，與清醇的佳釀相對，這裏指老百姓自家釀的未漉（濾）過的酒。瓦缶：指瓦製盛酒器具。

❻ 爛穀：霉爛的穀子。苗囷：用苗條編成的貯藏糧食的圓形器具。圓形叫囷，方形叫倉。這句說農民存糧過多以致霉爛，此句與上句極寫農村富足。

❼ 庇：庇護，這裏指供養。旁婦：正妻之外的妾侍。說生活豐裕，養得起外婦。

❽ 舐：舔。此句用老牛舐犢（用舌頭舔小牛）比喻老翁撫愛幼小的孫子。

❾ 貞觀：唐太宗年號（公元 627 至 649 年）。

❿ 儒臣：古代指博士官為儒臣，這裏泛指滿腹經綸的文官。

⓫ 例：依照規例。

⓬ 司陶鈞：原來是指做帝王，這裏是指當宰相，因為他們都總攬國家機器的轉動，因而借以為喻。司，掌管。陶鈞，古代製造陶器所用的轉輪。

　　以上為第二部分第一段，追敘唐朝開元之前國家興隆、社會繁榮、人民生活豐裕，原因是朝廷任用的官吏賢能清廉。

降及開元中 ❶，	接着下來到開元年間，
姦邪撓經綸 ❷。	奸臣擾亂政權的安穩。
晉公忌此事 ❸，	李林甫忌恨文臣拜相，
多錄邊將勳 ❹。	多多錄用邊將為腹心。
因令猛毅輩 ❺，	因而使那些兇狠之徒，
雜牧昇平民 ❻。	夾雜文臣中統治人民。
中原遂多故 ❼，	於是中原地區不安定，
除授非至尊 ❽。	任免官員不是由國君。
或出倖臣輩 ❾，	或是依賴寵倖的臣子，
或由帝戚恩 ❿。	或是憑恃外戚的殊恩。
中原困屠解 ⓫，	中原百姓任人屠與宰，
奴隸厭肥豚 ⓬。	那班奴才卻吃膩肥豚。
皇子棄不乳 ⓭，	皇子遭遺棄性命不保，
椒房抱羌渾 ⓮。	貴妃收的養子是胡人。
重賜竭中國 ⓯，	重賞耗盡了國中財富，
強兵臨北邊 ⓰。	安祿山強兵威脅北邊。
控弦二十萬 ⓱，	他擁有軍隊達二十萬，
長臂皆如猿。	長臂善射個個如猴猿。
皇都三千里 ⓲，	其駐地距皇都三千里，
來往如雕鳶 ⓳。	來往有如矯捷的鵰鳶。
五里一換馬 ⓴，	每跑五里就換一次馬，
十里一開筵。	走十里便設一席御筵。
指顧動白日 ㉑，	手指目顧可動搖白日，
煖熱迴蒼旻 ㉒。	情緒喜怒令山河色變。
公卿辱嘲叱 ㉓，	朝廷大臣遭嘲笑叱罵，

唾棄如糞丸 ❷。	被唾棄一旁如同糞丸。
大朝會萬方 ❷,	隆盛朝會諸侯齊合集,
天子正臨軒 ❷。	天子在平臺接見大臣。
綵旂轉初旭,	綵旗在朝陽之中拂動
玉座當祥煙。	御座對面繚繞着香煙。
金障既特設 ❷,	金雞障特為安祿山而設,
珠簾亦高褰 ❷。	珍珠簾亦為他高高地捲。
捋鬚寨不顧 ❷,	他捋鬍鬚傲慢無所顧忌,
坐在御榻前 ❸。	肆無忌憚坐在御榻之前。
忤者死跟屢 ❸,	違逆意旨者被踐踏而死,
附之升頂顛。	攀附他的人則官升頂顛。
華侈矜遞衒 ❷,	權貴們競誇奢侈與浮華,
豪俊相併吞。	豪強們互相爭奪與併吞。
因失生惠養 ❸,	養民的恩惠因而無影蹤,
漸見徵求頻 ❸。	而苛捐雜稅卻增加頻頻。

❶　降及：下來接是。開元：唐玄宗李隆基年號（公元 713 至 741 年）。

❷　撓：擾亂。經綸：整理過的蠶絲，比喻治國安邦的規劃。

❸　晉公：指宰相李林甫，開元二十五年（公元 737 年）封為晉國公，當政十餘
　　年。此事：指上述貞觀時期政治清明，文官多儒臣，地方官賢能，清正廉潔。

❹　邊將勳：給藩將加勳拜官。邊將，藩鎮的將領，如安祿山。

❺　猛毅輩：兇猛殘狠之徒。

❻　牧：治理。昇平民：太平時期的黎民百姓。

❼　中原：指中國，相對於邊疆地區而言。多故：多事，動亂頻生。

❽　除：免除官職。授：任命官職。非至尊：不由皇帝作主。至尊，皇帝。

❾　或：有的是。倖臣：皇帝寵愛的臣子。

❿ 帝戚：皇親國戚。

⓫ 屠解：把百姓視如牛狗，屠殺肢解。

⓬ 奴隸：指權臣、貴族、藩將的奴僕走狗。肥豚：肥豬肉。

⓭ 皇子：指皇太子李瑛和鄂王李瑤、光王李琚。棄不乳：被遺棄不養育（委婉地說賜死）。這句是指唐玄宗因寵幸武惠妃，廢太子及鄂、光二王，最後並處死他們。

⓮ 椒房：殿名，后妃居住的地方，用椒和泥塗牆壁，取其溫暖芳香。此處指代楊貴妃。羌渾：泛指少數民族，指安祿山。安是營州柳城（故城在今遼寧省朝陽縣）胡人，玄宗時受寵信，擢升為節度使，兼平盧、范陽、河東三鎮。據《安祿山事蹟》載，安祿山自請為楊貴妃養子，生日後第三天，應召入宮，貴妃為他舉行洗兒儀式，「抱羌渾」就是指這件事。

⓯ 重賜：指唐玄宗重賞安祿山，為他建築府宅，富麗堂皇，家中竹器均用金銀製成，所以說「竭中國」，把國中財富都用盡，這是誇張寫法。

⓰ 強兵：指安祿山強悍的軍隊。臨北邊：威脅北方的邊境。據《舊唐書·安祿山傳》：「祿山陰有逆謀，於范陽（今河北省大興縣一帶）北築雄武城，外示禦寇，內貯兵器積穀為保守之計。戰馬萬五千匹，牛羊稱足。兼三道（鎮）節度使，進奏無不允。」可見此句是寫實。

⓱ 控弦：拉開弓弦，喻擁有軍隊。據《安祿山事蹟》：「祿山引蕃奚步騎二十萬。」

⓲ 皇都：京都長安。三千里：安是范陽節度使，范陽離長安東北二千五百二十里，三千里是約數。

⓳ 雕：通鵰，猛禽類，具強銳的鉤爪，棲深山，捕食野兔小羊。鳶：亦是猛禽，形略似鷹，四趾皆具鉤爪，捕食蛇、鼠、蜥蜴等，俗稱鷂鷹。此句比喻安祿山叛卒的兇猛矯捷。

⓴ 五里換一馬：安祿山身體肥胖，行動不便，出行時，每個驛站之間築臺換馬，稱為「大夫換馬臺」。否則馬會支持不住而累死。所到的地方，皇帝都賜御膳。

㉑ 白日：喻皇帝。這句是說安祿山權勢極大，連皇帝都要聽從指揮。

㉒ 迴：迴轉。蒼：蒼天，春萬物始生，其色蒼蒼，故曰蒼天。旻：旻天，秋萬物成熟，皆有文章，故曰旻天。這裏蒼旻指天氣。這句是說安祿山氣燄之盛，其煖（同暖，指喜）冷（指怒）可以使天氣發生變化。

㉓ 辱：遭受。

㉔ 糞丸：蜣螂（俗稱推屎蟲）吃動物的屍體和糞尿等，常用土包糞，而成丸形。

㉕ 萬方：原來是指各地諸侯，這裏指各地的行政長官。

㉖ 臨軒：皇帝不坐正殿寶座，而坐殿前簷下的平臺接見大臣。

㉗ 障：屏風。

㉘ 褰：撩起，揭起。

㉙ 捋鬚：用手指順着鬍鬚抹過去，使之順暢有序。蹇：驕蹇，傲慢。

㉚ 榻：狹長而低矮的牀。以上四句亦有事實根據。《新唐書》載，皇帝駕臨勤政殿，在御座東為安祿山設一大金雞障，前置一榻讓他坐，把簾子捲起，表示對他的尊寵。

㉛ 死跟履：死在（祿山）腳跟下的鞋底。

㉜ 矜遞銜：連續不斷競相炫耀。矜，自矜，自誇。遞，連續。銜，通炫。此可能是「遞矜銜」之誤。與下句「相併吞」成偶。

㉝ 生惠養：對民眾生活的養育惠顧。

㉞ 漸見：逐漸顯露。

　　以上為第二部分第二段。追溯開元以來，朝綱敗壞，所用非人，中央權力削弱，藩鎮跋扈，唐玄宗寵信安祿山，孕育安史之亂的禍根。

奚寇東北來 ❶，　　　　　　奚族的叛軍從東北入侵，

揮霍如天翻 ❷。　　　　　　行動迅猛有如地覆天翻。

是時正忘戰❸，這時朝廷已經忘卻戰爭，
重兵多在邊❹。重兵大多派去守衛疆邊。
列城繞長河❺，圍繞黃河的一座座城池，
平明插旗幡。黎明時插上叛軍的旗幡。
但聞虜騎入，只聽見敵人騎兵紛入城，
不見漢兵屯❻。卻不見唐朝軍隊來駐屯。
大婦抱兒哭，大媳婦抱兒子哭不停，
小婦攀車幡。小媳婦抓住車擋板逃難。
生小太平年，從小在太平日子裏長大，
不識夜閉門。根本不懂得夜晚要閉門。
少壯盡點行❼，年輕力壯的被徵去當兵，
疲勞守空村❽。老弱病殘的留下守空村。
生分作死誓，活着分離卻作死別誓言，
揮淚連秋雲。揮灑的淚雨與秋雲相連。
廷臣例麋怯❾，朝廷大臣恍若麋子膽怯，
諸將如羸奔。諸路將領猶如瘦羊狂奔。
為賊掃上陽❿，叛賊在上陽宮僭稱皇帝，
捉人送潼關⓫。捕捉許多官員送出潼關。
玉輦望南斗⓬，人們依南斗星想望天子，
未知何日旋。不知道什麼時候能回還。
誠知開闢久⓭，誠然知道開國時間長久，
遘此雲雷屯⓮。卻不幸遭此番雲雷突變。
逆者問鼎大⓯，叛亂之徒問鼎想當皇帝，
存者要高官⓰。留下來的威脅要做高官。
搶攘互間諜，傾軋搶奪相互窺探對方，

孰辨梟與鸞 ❶。　　　　　　誰人能分辨惡鳥與鳳鸞。
千馬無返轡 ❶，　　　　　　千匹戰馬沒有一匹歸隊，
萬車無還轅 ❶。　　　　　　萬輛戰車沒有一輛回還。
城空鼠雀死，　　　　　　　城池空蕩蕩鼠雀都餓死，
人去豺狼喧。　　　　　　　百姓離去只剩豺狼囂喧。

❶ 奚寇：奚族侵略軍。奚族，少數民族名，居住地在「京師（長安）東北四千
餘里」。

❷ 揮霍：動作迅疾。

❸ 忘戰：因為長期生活於太平日子，因而忘記戰備。

❹ 重兵：力量雄厚的軍隊。邊：邊界。

❺ 列城：一列城邑。

❻ 屯：駐紮（軍隊）。

❼ 點行：按照戶籍名冊抽壯丁服兵役。

❽ 疲勞：借代老弱病殘。

❾ 例：沒有例外，一律。

❿ 上陽：宮名，在洛陽。此句指安祿山於天寶十五載（公元 756 年）正月在洛陽
稱帝。

⓫ 潼關：關名，在陝西。這句說安祿山的部隊攻陷長安，把大臣宮女等從潼關押
去洛陽。

⓬ 玉輦：皇帝乘坐的車。玉，形容其華美。南斗：星名。古人常以星宿的位置劃
分地區，這裏南斗指唐玄宗避難的四川。

⓭ 開闢久：建國時間已經很久。唐朝自公元 618 年唐高祖李淵建國至公元 755 年
「安史之亂」爆發，已近一百四十年，故云。

⓮ 遘：遭遇。雲雷屯：《易經・屯卦》：「雲、雷，屯。」意謂雲與雷合成屯卦，
以象徵天地初創的苦難時期。此表示災難動亂，比喻「安史之亂」。

⓯ 問鼎：古代以九鼎為傳國重器，得天下者據有之，故問鼎就是有圖謀篡位
之意。

⓰ 存者：指留下來未叛附安祿山的大臣。要：要挾。利用對方的弱點，強迫對方
應允自己的要求。

⓱ 梟：貓頭鷹的一種，猛禽類，常用以比喻惡人。這裏喻奸臣。鸞：傳說中鳳凰
一類的鳥，喻忠臣。

⓲ 銜：駕馭牲口用的嚼子（橫放在牲口嘴裏以便駕馭的小鐵鏈，兩端連接繮繩上）
和繮繩。這裏借代馬。

⓳ 轅：車前駕牲畜的兩根直木，借代車子。兩句是寫出征戰士無一生還。

以上為第二部分第三段，叙述安祿山作亂，由於朝廷久安忘戰，軍備
荒怠，叛軍勢如破竹，長驅直入，使得生靈塗炭。掌權者倉惶逃命，藩鎮
於是乘機爭奪官位。

南資竭吳越 ❶，	南方已用竭吳越的財源，
西費失河源 ❷。	西邊亦耗盡河源的資產。
因令右藏庫 ❸，	因而使唐王朝的右藏庫，
摧毀惟空垣 ❹。	被摧毀得只剩一片空垣。
如人當一身，	有如一個人身體應完整，
有左無右邊。	卻變得只有左邊無右邊。
筋體半痿痺，	筋體的一半已萎縮麻痺，
肘腋生臊羶 ❺。	胸肘腋下發出牛羊腥羶。
列聖蒙此恥 ❻，	歷朝皇帝蒙受奇恥大辱，
含懷不能宣 ❼。	懷抱的希望不可以言宣。
謀臣拱手立 ❽，	策劃國事大臣拱手旁觀，

相戒無敢先。　　　　　　　　　互相告戒沒有人敢爭先。
萬國困杼軸 ❾，　　　　　　　全國各地都已陷入窮困，
內庫無金錢。　　　　　　　　　王朝的內庫也無有金錢。
健兒立霜雪 ❿，　　　　　　　衛國士兵在霜雪中站崗，
腹歉衣裳單。　　　　　　　　　肚子飢餓衣裳薄而且單。
饋餉多過時，　　　　　　　　　軍餉的發放經常要過時，
高估銅與鉛 ⓫。　　　　　　　物價高漲貨幣不斷下貶。
山東望河北，　　　　　　　　　從華山以東望黃河以北，
爨煙猶相聯 ⓬。　　　　　　　黃昏的炊煙不斷地相連。
朝廷不暇給，　　　　　　　　　朝廷無暇顧及黎民百姓，
辛苦無半年。　　　　　　　　　辛苦勞作不夠食用半年。
行人榷行資 ⓭，　　　　　　　行商者必須徵收貨品稅，
居者稅屋椽 ⓮。　　　　　　　房產主亦得交納間架錢。
中間遂作梗 ⓯，　　　　　　　藩鎮就在其間相繼抗命，
狼藉用戈鋌 ⓰。　　　　　　　紛紛動起干戈烽火燃遍。
臨門送節制 ⓱，　　　　　　　只好把任聘文書送上門，
以錫通天班 ⓲。　　　　　　　還賞賜他們宰相的官銜。
破者以族滅，　　　　　　　　　被殲滅的藩鎮全族誅殺，
存者尚遷延 ⓳。　　　　　　　未平靖的軍閥苟延殘喘。
禮數異君父 ⓴，　　　　　　　藩鎮已不視皇帝為君父，
羈縻如羌零 ㉑，　　　　　　　籠絡他們猶如對待羌零，
直求輸赤誠 ㉒，　　　　　　　豈敢要求藩鎮獻出赤誠，
所望大體全 ㉓。　　　　　　　所希望的是大局能顧全。
巍巍政事堂 ㉔，　　　　　　　商議國是的宏偉政事堂，
宰相厭八珍 ㉕。　　　　　　　宰相已經厭食海味山珍。

敢問下執事 ❷,	請允許在下斗膽問閣下，
今誰掌其權？	當今朝廷究竟是誰掌權？
瘡痍幾十載 ❷,	養癰貽患經歷幾十年頭，
不敢抉其根 ❷。	沒有人敢去挖掉它的根。
國蹙賦更重 ❷,	國土縮小稅賦越來越重，
人稀役彌繁 ❸。	人口稀少兵役日益頻繁。

❶ 吳越：江蘇、浙江一帶，泛指中國東南地區。安史之亂後，中原遭戰火蹂躪，生產力破壞殆盡，朝廷的資源主要依靠吳越，加上貪官污吏的搜刮，這一地區的資源亦瀕臨枯竭。

❷ 河源：指中國西北黃河上游沿岸的廣大產糧地區。這句是說，由於各族叛變，依靠西北的軍費也失去着落。上下兩句從東南西北的財源枯竭說明唐王朝的陷於絕境。

❸ 右藏庫：唐朝在京都長安設置左右藏庫，左藏庫貯藏全國賦稅，右藏庫貯藏各地上貢的金銀珠寶。

❹ 空垣：空牆。

❺ 膻臊：牛羊雞犬豬等動物腥臭的氣味。這是指北方遊牧民族身上發出的氣味，含有種族歧視的意味。

❻ 列聖：歷朝諸聖。聖，聖上，天子。指肅宗、代宗、德宗、順宗、憲宗、穆宗、敬宗、文宗等唐朝皇帝。

❼ 宣：宣佈。

❽ 拱手立：袖手旁觀的意思。拱手，兩手相合，右手在內，左手在外相合，臂的前部上舉。

❾ 杼軸：紡織工具，杼和軸是舊式織布機上管經線和緯線的兩個主要部件。這句用《詩經·小雅·大東》：「小東大東，杼柚（又作軸）其空」的意思。田畝荒蕪，織機上自然是空的。此句將「空」改「困」，意同。

⑩ 健兒：這裏指士兵。

⑪ 銅與鉛：指錢幣，因為錢是由銅與鉛合成。唐德宗時，江淮一帶多鉛錫錢，表面燙一層薄銅，斤兩與規定不符，因此錢賤物貴，物品價值合成錢幣估價自然升高。

⑫ 爨煙：炊煙，燒火煮飯升起的煙。

⑬ 榷行資，徵收來往貨品稅。榷，徵收。行資，商品稅。唐德宗時在各地水陸通道設置關卡對通過的商品徵稅，每貫稅二十文。

⑭ 稅屋椽：徵收房屋稅。房屋稅當時稱「間架稅」，此稅也是唐德宗時開始的。商品稅與房屋稅的徵收，都是由於帝王奢靡無度，國庫空虛，遂向老百姓加徵的稅項。

⑮ 作梗：從中阻撓，使事情無法順利進行。這裏是指藩鎮割據，違抗中央政令。

⑯ 狼藉：錯亂不整的樣子。用戈鋋：動干戈。戈鋋，長戈和短矛，泛指武器。這句指河北諸鎮朱滔、田悅、王武俊以及朱泚、李懷光、李納、李希烈等紛紛叛亂。

⑰ 節制：任命官職的憑證和文書。節，旌節，旗桿頂上用五色羽毛為飾的旗幟，以為憑證。制，制書，朝廷任命官職的文書。唐敬宗以後，藩鎮常父子承襲或部將自立，既成事實再由朝廷任命，朝廷逼於威勢，只好把任命文書送上。

⑱ 錫：封賞。通天班：指節度使加賜宰相一級的官階。

⑲ 尚遷延：藩鎮割據的局面仍然存延。

⑳ 禮數：傳統的禮法（等級制度），本來藩鎮與皇帝的關係是君臣父子的關係，但現在禮數有異，說明藩鎮懷有不臣的意圖。

㉑ 羈縻：籠絡維繫。羌零：即先零羌，西北少數民族羌族的一支。這句是說朝廷對待藩鎮猶如對待少數民族，予以籠絡，不敢出兵鎮壓。

㉒ 直求：豈敢求。輸：奉獻。

㉓ 大體全：顧全大局。這句是說對藩鎮的姑息，只為維持形式上的統一。

㉔　政事堂：宰相議事的廳堂。

㉕　八珍：八種最珍貴的食品，有多種說法，一說為龍肝、鳳髓、豹胎、鯉尾、鴞
　　炙、猩唇、熊掌、酥酪蟬。此處泛指精美貴重的食品。兩句說在巍巍的政事
　　堂，宰相議政後飽食山珍海味，都吃膩了。按唐朝制度，宰相在政事堂議政
　　後，例必會食。

㉖　敢問：斗膽相問。敢，有冒昧之意。下執事：下屬供人使喚的人，這是古代的
　　謙詞，表示不敢直接詢問對方，只問其下屬，詩中為村夫對詩人的稱呼。

㉗　瘡疽：毒瘡。這裏比喻作亂的藩鎮。

㉘　抉：挖。這兩句是說對待藩鎮，一定要及早徹底消滅，決不可姑息，養癰
　　成患。

㉙　麼：縮小。

㉚　人稀：人口減少。據統計，天寶十三載（公元 754 年），全國人口約五千二百
　　餘萬，至廣德二年（公元 764 年），只剩下一千六百餘萬。

　　以上是第二部分第四段，訴說安祿山造反之後，國家資源枯竭，而藩
鎮之亂疊起，因此百業凋蔽，物價飛漲，民不聊生。朝廷姑息，藩鎮養癰
成患，國家陷入難以擺脫的危機之中。

近年牛醫兒 ❶，	近幾年那個牛醫兒鄭注，
城社更攀緣 ❷。	城狐社鼠互相依附攀援。
盲目把大斾 ❸，	一個盲人竟然把持大旗，
處此京西藩 ❹。	盤據着京城西邊的屏藩。
樂禍忘怨敵 ❺，	以禍為樂而忘記仇敵，
樹黨多狂狷。	培植的黨羽多自大狹偏。
生為人所憚，	他活着時使人覺得恐怖，

死非人所憐。	死去之後也沒有人可憐。
快刀斷其頭，	鋒利的刀把他的頭砍下，
列若豬牛懸 ❻。	像豬牛一樣示眾高高懸。
鳳翔三百里 ❼，	鳳翔距離京城三百里地，
兵馬如黃巾 ❽。	禁軍的兵馬殺人不眨眼。
夜半軍牒來，	半夜時候軍事公文傳來，
屯兵萬五千。	鳳翔要駐兵一萬五千人。
鄉里駭供億 ❾，	鄉民怕要供應安頓軍隊，
老少相扳牽 ❿。	百姓扶老攜幼相偕逃奔。
兒孫生未孩 ⓫，	兒孫剛生不久還不會笑。
棄之無慘顏 ⓬。	拋棄他也不露悲慘面顏。
不復議所適，	不考慮逃奔何處才合適，
但欲死山間。	只希望能夠死在深山間。

❶　牛醫兒：牛醫的兒子。東漢黃憲的父親為牛醫，人稱黃憲為「牛醫兒」。這裏指鄭注，有蔑視之意。鄭注善醫，有一次唐文宗患風痺症，不能言，宦官王守澄推薦他醫治，飲藥之後痊癒，於是得寵，成為心腹。

❷　城社：「城狐社鼠」的簡稱，即城牆裏的狐和土地神祠（社）中的鼠，這些狐鼠不易滅絕，因為怕損壞城社，古人常用以比喻皇帝寵幸的姦邪之徒。這裏指鄭注。攀緣：攀附援引。意謂鄭注攀緣皇親國戚與宦官，竊據高官要職。

❸　盲目：瞎子。鄭注有眼疾，視力差，詩人譏為盲人。把大旆：把持節度使要職，唐代的節度使，受命之日賜以旌節（旌，古代一種旗子，旗杆上用五色羽毛為飾；節，符節，調兵遣將時的憑證）。旆，大旗。

❹　京西藩：唐時指鳳翔府（今陝西省鳳翔縣），當時稱鳳翔府為西京，此兩句言鄭注任鳳翔節度使。

❺　樂禍：以禍患為樂事，即把國事當兒戲，招惹禍患。這指的是「甘露之變」，

唐文宗時，宦官仇士良專權，大和九年（公元 835 年），宰相李訓與鳳翔節度使鄭注等人密謀內外協勢，鏟除宦官集團，詐使人傳出金左吾（禁軍）的治所後面石榴樹上有甘露，引誘仇士良等往觀，謀加誅殺，但埋伏的甲兵暴露，密謀失敗，仇派禁軍捕殺李訓、王源等人，鄭注亦被監軍宦官所殺，株連者千餘人。這句是說李訓、鄭注等人意圖鏟除宦官集團，結果樹立怨敵，釀成「甘露之變」，自招敗亡。

❻ 列：陳列。據記載，鄭注被斬之後，傳首京師，懸掛於興安門。

❼ 鳳翔三百里：鳳翔離京師三百十五里，三百里是整數。

❽ 兵馬：指宦官仇士良等率領的禁衛軍。黃巾：東漢靈帝時，鉅鹿（今河北省新縣以西）人張角，率數十眾起事，因徒眾皆着黃巾為標誌，朝廷稱為黃巾賊。官方編纂的史書說他們「殺人祀天，燒掠府邑，旬日之間，天下震動」。這裏黃巾是盜賊的代語。

❾ 供億：供應。

❿ 扳牽：手牽手（逃亡）。扳，同攀。牽，挽。

⓫ 孩：小兒笑，初生嬰兒要過兩三個月才懂得笑。

⓬ 慘顏：容顏哀傷淒慘。這句的主語可以是小兒，他不懂事，被父母拋棄，不懂哀傷；也可以是父母，寫他們倉惶逃命，顧不上悲痛，或是戰亂的苦難，折磨得他們都麻木了，無悲亦無痛。以後者的解釋為佳。

以上是第二部分第五段，敘述鳳翔節度使鄭注把持大權，為非作歹，禁軍敲詐勒索，百姓不堪其苦，相攜逃亡。

邇來又三歲 ❶，　　　　　　甘露之變以後又過三年，
甘澤不及春 ❷。　　　　　　及時雨沒有在春天降臨。
盜賊亭午起，　　　　　　　盜賊正午都敢出來活動，

問誰多窮民。	問屬哪類人大多是貧民。
節使殺亭吏 ❸，	節度使對亭吏濫加殺戮，
捕之恐無因 ❹。	但捕捉盜賊理由不充分。
咫尺不相見 ❺，	咫尺距離對面都看不見，
旱久多黃塵。	天旱日久大地瀰漫黃塵，
官健腰佩弓 ❻，	官健們腰間佩帶着弓箭，
自言為官巡。	自己聲稱是為官府巡邏。
常恐值荒迥，	常怕荒遠地方撞上他們，
此輩還射人。	這幫人還會去射殺行人。
愧客問本末 ❼，	慚愧未能傾訴事情始末，
願客無因循 ❽。	因為希望您行程勿遲延。
郿塢抵陳倉 ❾，	從郿塢到陳倉治安不靖，
此地忌黃昏 ❿。	在這裏趕路最忌是黃昏。

❶ 邇來：「甘露之變」以來，這句是說大和九年（公元 835 年）至開成二年（公元 837 年）以來的三年間。

❷ 甘澤：甘霖。不及春：沒有在春天即時降落。

❸ 亭吏：亭長，古代十里一亭，十亭一鄉，亭有亭長，掌追捕盜賊。這句是說節度使目睹當時治安不寧，以為亭長辦事不力，濫加屠殺。

❹ 之：代指盜賊，其實都是逼上梁山的平民。這句意謂捕殺盜賊恐怕理由不充分，因為禍根在官，不在民。

❺ 咫尺：古代長度名，周制為八寸，合今制六寸二分二厘，用以喻距離很近。

❻ 官健：各州招募的地方士兵。

❼ 本末：本源與結果，即事情的全過程。這句是說對作者詢問他事情的本末感到慚愧（言外之意為自己所答未滿足作者要求）。

❽ 勿因循：不耽擱（行程）。

⁹ 郿塢：在今陝西省眉縣東北。陳倉：故城在今陝西省寶雞縣東，唐改寶雞縣，治所即今寶雞市。

⑩ 忌黃昏：當時治安敗壞，黃昏時分，行人不敢行走，故言。

以上是第二部分第六段，叙述「甘露事變」鄭注敗亡之後三年，社會危機日深，加上春旱不雨，百姓衣食無着，只好紛紛淪為盜賊。

從「右輔田疇薄」至此為第二部分，村民口訴，到此為止。

我聽此言罷，	我聽完村民這一番陳述，
冤憤如相焚。	怨憤滿腔有如烈火燃焚。
昔聞舉一會❶，	聽聞晉國任命一個士會，
群盜為之奔❷。	盜匪們就嚇得四處逃竄。
又聞理與亂❸，	又聽説國家安定與混亂，
繫人不繫天。	關鍵在人事而不在上天。
我願為此事❹，	我願意將對此事的見解，
君前剖心肝。	在國君的面前剖白心肝，
叩額出鮮血，	即使額頭叩得鮮血直流，
滂沱污紫宸❺。	血流滿地污染了紫宸殿。
九重黯已隔❻，	姦邪之徒已蒙蔽了君主，
涕泗空沾唇。	涕淚交流白白沾濕嘴唇。
使典作尚書❼，	掌管文書小吏做了尚書，
廝養為將軍❽。	宮中宦官竟然當上將軍。
慎勿道此言，	千萬不要再説這類話語，
此言未忍聞。	這類話語令人不忍聽聞。

❶ 舉：薦舉，推舉。會：指士會，人名。春秋時，晉景公任命大夫（有官名而無職權的文官）士會為中軍（古代軍隊分上、中、下三軍。以中軍地位最高）統帥，兼為太傅（朝廷的輔政大臣，地位最為顯赫的三公之一，其餘二者為太師、太保），於是晉國的盜賊，紛紛逃奔秦國。

❷ 之：代指士會。這兩句說晉景公善於用人，使盜賊奔向秦國，可見治理國家，所用得人十分重要。

❸ 理：就是治，因為避唐高宗李治諱而改。

❹ 此事：指以上所述朝政腐敗，社會混亂危機四伏，人民塗炭，乃「繫人不繫天」之事。

❺ 滂沱：本來形容雨下得很大，或是形容哭得很厲害，眼淚、鼻涕流得很多。這裏形容血流得很多。紫宸：唐時宮殿名，當時是皇帝辦公的內殿。

❻ 九重：《楚辭·九辯》：「豈不鬱陶（鬱悶）而思君（國君）兮，君之門以九重。」因而指帝王居住的深宮。後來亦代稱天子。黮：天子被佞臣所包圍、蒙蔽，成為昏君。

❼ 使典：即胥吏，掌管文書的下級官員。尚書：尚書省（典領百官的官署）內的高級政務官。唐代尚書省下屬有吏、戶、禮、兵、刑、工六部，尚書是各部的長官。

❽ 廝養：賤役。劈柴為廝，烹炊為養。這裏泛指出身下層的人。具體指鄭注，他以江湖術士出身攀附宦官，數年之內，晉身檢校尚書左僕射、鳳翔尹、鳳翔節度使等軍政高位，顯赫一時。

　　以上是第三部分，抒寫作者聽了村民的申訴之後憂心如焚的心情，並點出國家的「治與亂」不繫於天，而繫於人的主旨。

【賞析】

這首詩共分三部分，第一部分描述作者在長安郊區所見的農村的凋蔽情狀，引發村民的一番口頭申述。第二部分為全詩的核心，全詩共一百韻，首尾共十七韻，此部分佔八十三韻，可見其重要性。它追敘了唐代近二百年的社會政治史，具體呈現了開元至開成百多年間唐朝政治腐敗的面貌：舉凡姦邪當道、外戚擅權、宦官誤國、藩鎮割據、邊患迭生、朝廷上下驕奢淫逸、橫征暴斂、民生維艱等等都在此部分栩栩如生地呈現。第三部分是全詩的結尾部分，透過具有抒情色彩的議論，對當時的政局發表己見，主張用賢良治國，這一思想與第二部分開始時述及初唐以來國家富強安定，是由於「所賴牧伯仁」、「例以賢牧伯，徵入司陶鈞」相呼應，並貫串全篇。

這首詩從形式到內容都受到杜甫的《兵車行》、《北征》與「三吏」、「三別」的影響。

自形式而言，其開篇「蛇年建丑月，我自梁秦還」句，與《北征》開篇「皇帝二載秋，閏八月初吉。杜子將北征，蒼茫問家室」相似，又其中利用村民口述的方式是從《兵車行》、《石壕吏》、《潼關吏》那裏偷師。所不同的是杜詩篇幅短，而此詩篇幅長，較為難駕馭而已。從上述的三部分以及第二部分各段之間的聯繫來看，層次分明，結構謹嚴。

從內容來說，暴露當權者的腐敗以及百姓的苦難，二者是一致的。杜甫是「窮年憂黎元，歎息腸內熱」（一年到頭憂念老百姓，不停為之唉聲歎氣）（《自京赴奉先詠懷五百字》），而李商隱在本詩中亦願為國家的安定、人民的福祉而在「君前剖心肝。叩額出鮮血，滂沱污紫宸。」正因為有這種為民請命的精神，他才敢無所避忌地痛斥當今君王昏瞶，以致宦官掌權，藩鎮跋扈，危害國運。這種膽識，為杜甫所欠缺的。就以《北征》

為例，其中雖然也有對唐肅宗李亨借兵回紇平定安祿山的叛亂的不滿，但全篇充溢了對李亨中興唐室的熱烈期望，並把他比做中興周朝和漢室的周宣王姬靜與東漢光武帝劉秀；李商隱則認為唐室已病入膏肓，那些昏君即使用血諫（甚至死諫）均無濟於事，事實是安史之亂後，唐朝逐漸衰落，頹勢已無可挽回了，可見李商隱對社會的透視比杜甫深入許多。

這是一首波瀾壯闊、氣勢宏偉的史詩，上面的注釋處處顯示詩中所敘內容無一不是緊扣史實，並給史實以形象化的表現。史書敘事，詩歌賦形，二者相依為用，想要做到這一點，並不容易，而這首詩做到了。

這首詩以敘事為主，間雜議論，抒情貫串全篇，三者水乳交融，很難分得出何者為事，何者為議論，何者為抒情，顯示出圓熟的藝術技巧。

值得一提的是中國多抒情詩而欠缺史詩，因此像這首規模宏大的史詩不但在唐代詩史上是空前的，在中國詩史上也難有其儔匹。

安定城樓

【題解】

　　這首詩寫於開成三年（公元 838 年）。

　　唐文宗開成二年（公元 837 年）冬，長期獎掖李商隱的山西南道節度使令狐楚病逝，涇原節度使王茂元賞識其才華，並把女兒嫁給他。當時朝中朋黨之爭激烈，王茂元被視為以李德裕為首的李黨的黨人，李商隱和他親近，自然遭到以牛僧孺為首的牛黨（令狐楚屬牛黨）的忌恨，認為他忘恩負義，投靠李黨。次年春，商隱應博學鴻詞科試（古代皇帝臨時設置的考試科目，由皇帝親自主持考試，錄取的可以在宮廷內作侍從官），但因牛黨從中作梗而落第，遂客遊涇州（涇原節度使治所所在地，在今甘肅省涇川縣北），寄居岳父王茂元幕府。

　　正值萬木復蘇、柳枝嬝娜的春日，詩人登上涇州的安定城樓。從高樓

極目遠眺，念及江河日下的國勢，想起空有抱負因遭小人忌恨無從伸展的自己，不禁感慨萬端，發而為這首悲憤滿腔的詩篇。

【譯注】

迢遞高城百尺樓 ❶，	登上高峻綿延百尺高的涇州城樓，
綠楊枝外盡汀洲 ❷。	隨風飄拂的綠楊盡頭是水中沙洲。
賈生年少虛垂涕 ❸，	賈誼年少憂心國事淚水潺潺空流，
王粲春來更遠遊 ❹。	王粲寄人籬下春天不得不去遠遊。
永憶江湖歸白髮 ❺，	永遠憧憬白髮蒼蒼時回江湖隱居，
欲迴天地入扁舟 ❻。	駕一葉扁舟遨遊等大事業完成後。
不知腐鼠成滋味 ❼，	不知道為何有人將腐鼠當成美味，
猜意鵷雛竟未休 ❽。	對志行高潔的鳳凰卻猜忌個不休。

❶ 迢遞：高遠的樣子。

❷ 汀洲：水中的平地和沙洲。

❸ 賈生：賈誼（公元前 200 至前 168 年），西漢政論家、文學家，時稱賈生。年輕時就精通諸子百家之書，善文章，漢文帝六年（公元前 174 年），他上《陳政事疏》，對當時諸侯王割據勢力膨脹與匈奴貴族侵掠的現實，表示十分憂慮，認為當時的形勢有「可為痛哭者一，可為流涕者二，可為長太息者六」，但未被文帝採納。義山當時二十七歲，也有削平藩鎮、抵抗外族入侵的志向，但應試不舉，一切抱負均成泡影，所以只能效賈誼痛哭流淚，當然這樣做是無補於事。所以說「虛流涕」，即空流涕、白掉眼淚、無濟於事。

❹ 王粲（公元 177 至 217 年）：山陽（在今河南省修武縣西北）人，東漢末年文學家，因躲避戰亂，亦為施展抱負，曾從長安流寓荊州（治所在今湖北省江陵

縣）依附喜歡招攬文士的劉表，所以說「更遠遊」。他曾於春日登麥城縣（今湖北省當陽縣東）城樓，作膾炙人口的《登樓賦》，表達了他對故土的懷念。李商隱落第之後，遠赴涇州王茂元幕府，與王粲處境彷彿。

❺ 江湖：與朝廷相對，指不作官，在江湖過隱居生活。

❻ 欲迴天地：要完成扭轉乾坤的大事業。扁舟：小舟。用范蠡的故事。據說范蠡輔佐越王勾踐打敗吳王夫差復國後，放棄官位，駕扁舟浮遊於五湖（太湖）之上。這兩句是說自己長年憧憬自由自在的隱居生活，但要等年老才實行。只有在完成扭轉乾坤的大業之後，才效法范蠡駕一葉扁舟飄然離開俗世。

❼ 腐鼠：腐臭的死鼠。

❽ 鵷雛：傳說中與鳳凰同類的神鳥。這兩句用《莊子·秋水》中的典故：戰國時惠施任梁國宰相，莊子去看他，有人對惠施說，莊子想奪取你的相位，惠施內心恐慌，在都城搜索了三天三夜。後來莊子去見他，對他講了以下故事：南方有一種叫鵷雛的神鳥，從南海飛到北海，非梧桐樹不止息，非竹實不食，非甘泉不飲。有一隻鴟鷹弄到一隻腐鼠，鵷雛飛過，鴟鷹以為牠要來搶腐鼠，十分恐慌，仰視上空對鵷雛發出憤怒的「嚇」聲。在這個寓言裏莊子自比鵷雛，將惠施比作鴟鷹，把梁國的相位喻為腐鼠，人家當成美差使，自己根本不稀罕，而惠施懷疑他實在是以小人之心度君子之腹。李商隱借用莊子的寓言，亦以鵷雛自比，說明自己並不屑於功名利祿，而那些朋黨卻猜忌他、排擠他，實在像鴟鷹不瞭解鵷雛的遠大志向一樣，是十分可笑的。

【賞析】

這首詩是李義山的代表作，是他的感懷詩中最震撼人心的一首。

宋代王安石十分欣賞這首詩，認為「永憶江湖歸白髮，欲迴天地入扁

舟」之句，「雖老杜（杜甫）無以過」、「唐人知學老杜而得其藩籬（門戶，即學得其神髓）者，惟義山一人而已」。評價之高，一時無倆。

詩人登高望遠，旖旎的春光反而勾引起內心無限的憂憤，他想起賈誼、王粲，雖然年少才高，但也和自己一樣抱負不得施展而遠遊他鄉；接着詩人表白自己志行的高潔：一方面具有扭轉乾坤的抱負，另一方面實現抱負後，並不想取得權位，而是會像范蠡一樣駕一葉之扁舟乘浪於江湖之上，但是朋黨卻猜忌他、排擠他，使之抱負實現無日，這正是詩人悲傷怨憤的主要原因。全詩表述得很有層次，並一氣呵成。

這首詩意境廣闊，是和詩人廣闊的胸襟分不開的，亦與詩中出現的意象有密切關聯。五、六句中浩淼的江湖與蒼茫的天地的意象，將詩人廣闊的胸襟（本來是抽象的）予以立體化的表現。再加上首兩句登高臨遠闊大的空間以及三、四句懷想古人悠悠的時間，都配合得緊密無間，取得了上佳的藝術效果。

調子多變也是本詩特色，前幾句調子較低沉，後幾句開揚，特別是末兩句口吻輕鬆，使全詩顯得婀娜多姿！

用典故能使作品更具暗示力，內涵更為豐富，但首先要用得合適妥貼，更進一步用得生動、有創造，這首詩的末句就把莊子的寓言用得出神入化，成為金句。

回中牡丹為雨所敗二首

【題解】

　　這首詩與上首《安定城樓》寫於同時，均是應舉不第失意之作。

　　詩人在回中，睹及牡丹橫遭暴雨摧殘而零落的情景，結合自己當前的不幸，寫下此詩。調子低沉而充滿了無法排解的壓抑感，與前詩的雖抑鬱卻不乏豪邁之氣不同。

　　回中，在涇州附近，秦時建有回中宮，故名。

其一

【譯注】

下苑當年未可追 ❶，	曲江當年盛況無從尋覓，
西州今日忽相期 ❷。	今日又在安定不期而遇。
水亭暮雨寒猶在 ❸，	水亭的暮雨仍帶來寒意，
羅薦春香暖不知 ❹。	羅墊的香暖卻不得知悉。
舞蝶殷勤收落蕊 ❺，	舞蝶殷勤地收拾那落蕊，
有人惆悵臥遙帷 ❻。	有人惆悵卻仰臥於遙帷。
章臺街裏芳菲伴 ❼，	在章臺路上娬娜的柳條，
且問宮腰損幾枝 ❽？	請問宮腰損傷了多少枝？

❶ 下苑：指長安東南隅曲江池，風景優美，牡丹極盛。下苑是對禁苑（上苑）而言，因為曲江定期對民眾開放，地位不如上苑尊貴，故曰下苑。這句意謂過去在京城看到牡丹盛開的狀況，現在遠離京城在外地，想再賞已不可得。

❷ 西州：指安定郡，唐時稱涇州。《後漢書》：「皇甫規，安定朝那（縣）人，及黨事起，自以西州豪傑，恥不得與。」期：會面。這句意謂在西州這邊陲地區與牡丹相會。

❸ 寒猶在：春寒仍在。牡丹於夏初開放，但西州遠在西陲，春寒未消。

❹ 羅薦春香：《漢武帝內傳》載：「（帝）以紫羅薦地（鋪地），燔（焚燒）百和之香。」暖不知：未有承受到溫暖。

❺ 舞蝶：翩翩飛舞的蝴蝶。這句意謂牡丹為雨所敗，落蕊滿地，蝴蝶同情，殷勤拾起。

❻ 惆悵：因失望失意而哀傷。這句意謂有人為牡丹的敗落而惆悵，卻臥於遙遠的帷帳裏，袖手旁觀。

❼ 章臺街：在長安西南。唐韓翃有《寄柳氏》詞云：「章臺柳，章臺柳，顏色青青今在否？縱使長條似舊垂，也應攀折他人手。」芳菲伴：芳菲（花草）的伴侶，指柳樹。

❽ 宮腰：本來是指宮女的細腰，這裏指纖纖的柳條。兩句意謂牡丹備受摧殘，它的伴侶 —— 其他的花木是否也遭同等的命運？

【賞析】

這兩首詩寫花亦寫人，花的命運與人的命運是一致的，以致讀時人們分不清被惡運摧殘的是牡丹花抑是詩人。

此首寫在回中邊陲地帶與牡丹不期相遇，它被春寒所侵襲，無法享受到羅墊的香暖，蝴蝶同情它，為之收拾殘蕊。而人呢，只是惆悵而橫臥遙遠的帷帳，袖手旁觀，這與令狐楚去世後，牛黨從中作梗，使自己應試不舉，從長安失意地來到涇州，人情薄如紙，所受冷遇相似。但詩人並不自囿於自己的不幸，而是借關心牡丹以外的柳樹的命運，表示十分關懷京中許多友人的命運，博愛的襟懷由此展現。

其二

【譯注】

浪笑榴花不及春 ❶，　　　　　莫笑榴花開放未趕上春，
先期零落更愁人。　　　　　　牡丹提前零落更愁煞人。
玉盤迸淚傷心數 ❷，　　　　　如玉盤含淚傷心何其多，
錦瑟驚弦破夢頻 ❸。　　　　　似錦瑟疾弦驚破美夢頻。
萬里重陰非舊圃 ❹，　　　　　萬里陰雲已非昔日園圃，
一年生意屬流塵 ❺。　　　　　一年生機已盡歸屬土塵。
前溪舞罷君回顧，　　　　　　等花瓣落之時君再回顧，
併覺今朝粉態新 ❻。　　　　　將覺今朝花容可喜清新。

❶　浪笑：空笑，笑也徒然。不及春：石榴夏初開花，來不及在春天開花，所以說
　　不及春。唐時孔紹安因侍宴，應詔詠石榴詩云：「只為時來晚，開花不及春」。
　　李商隱翻其意而用之，上下兩句連起來是說被風雨摧殘而提前凋謝的牡丹，比
　　趕不上春天開花的石榴更為令人傷感。

❷　玉盤：形容白牡丹的花冠像玉盤般美麗。迸淚：眼淚迸濺。數：屢次。

❸　錦瑟：猶如稱琴為玉琴。玉、錦說明琴瑟很美。瑟，傳統樂器名，原來五十
　　弦，黃帝破為二十五弦。驚弦：疾驟的弦音。

❹　萬里重陰：萬里天空烏雲密佈。舊圃：指曲江牡丹盛開的園圃。

❺　屬流塵：花瓣凋落地上，化作塵土。

❻　前溪：地名，在浙江省武康縣，南朝歌伎習樂舞的地方。郭茂倩《樂府詩集·
　　前溪歌》有「花落隨水去，何當順流還，還亦不復鮮」。「前溪舞罷」是比喻
　　牡丹花瓣的飄落殆盡。兩句意謂將來牡丹花凋落盡之時，再回顧今天被雨所敗
　　的花容，可能反覺它清新可喜。

【賞析】

　　首句詩人為榴花的不及春開放而遺憾，但這畢竟是自然法則，無話可說。接着第二句寫牡丹的為風雨摧殘，提前夭折，則令人難以接受，因而分外傷感，牡丹的夭折與自己的仕途受挫相似。三、四句正面描寫牡丹在狂風驟雨中的身心飽受摧殘的情狀，亦與詩人當前的遭際類似。五、六句寫牡丹所處的天時的惡劣，跟當年在下苑看時的處境迥異，這亦與自己時運的急遽變易相同。最後兩句詩人瞻望未來，陰霾不但不會消散，風雨只有更加驟疾，今天的不幸，他日回顧，可能反而會覺得已很幸運了，悲觀絕望的情緒溢於言表。

　　這首詩的寫作手法除詠物與抒懷緊密結合外，還使用對比的技巧：過去與現在，遠地與近處，幸與不幸，強烈的對照把牡丹花的悲劇（即詩人的悲劇）突出表現出來。

馬嵬二首

【題解】

　　馬嵬，即馬嵬坡，故址在今陝西省興平縣西，是唐朝著名的「馬嵬之變」的發生地。

　　唐朝開元天寶年間，由於政治腐敗不堪，社會危機日趨嚴重，中央集權削弱，藩鎮割據勢力崛起。唐玄宗天寶十五載（公元 756 年）平盧、范陽、河東三鎮節度使安祿山以誅殺楊國忠為名發動叛亂，很快就兵臨長安。唐玄宗與楊貴妃及其兄楊國忠倉惶逃亡，經過馬嵬坡時，隨行將士認為安之叛變與楊國忠有關，遂誅殺國忠，並堅持要殺貴妃，唐玄宗萬般無奈，賜貴妃縊死。這就是「馬嵬之變」的始末。此一事件後來成為不少詩人詠歎的對象，其中最著名的有白居易的《長恨歌》及李商隱《馬嵬二首》的第二首。

　　此詩可能寫於開成三年（公元 838 年）。

其一

【譯注】

冀馬燕犀動地來 ❶，　　　　　　冀燕的兵馬驚天動地而來，

自埋紅粉自成灰 ❷。　　　　　　自縊身殞自然化土終成灰。

君王若道能傾國 ❸，　　　　　　帝王若懂迷戀女色能亡國，

玉輦何由過馬嵬 ❹？　　　　　　君后玉輦怎麼會經過馬嵬？

❶ 冀馬燕犀：冀州所產的戰馬，燕地出產的犀牛皮甲。據古書記載，冀、燕出產
良馬堅甲。冀、燕均在今河北省境內。安祿山自范陽起兵叛亂，范陽在今北京
市大興、昌平、房山等地。所以詩中用冀馬燕犀形容叛軍戰馬精良、兵甲堅
銳。動地來：極言叛軍聲勢浩大，驚天動地。這句可與白居易的《長恨歌》中
形容安祿山的叛亂情況「漁陽鼙鼓動地來」（漁陽的戰鼓驚天動地而來）相對
照看。

❷ 紅粉：胭脂和鉛粉，女子的化妝品，後來用以代表女子。杜牧詩有「霧冷侵紅
粉」之句，意謂冷霧侵襲女子（的嬌體）。貴妃死後自然草草葬於道旁，所以
說「自埋」；後一個「自」是指王師收復長安後，唐玄宗從四川回來，讓人遷
墓，但「肌膚已壞」，所以說「自成灰」，屍體自然化為灰塵（塵土）之意。
所以兩個「自」都是「自然」的意思。

❸ 傾國：傾覆國家，亡國。李延年曾對漢武帝唱「北方有佳人，絕世而獨立。一
顧傾人城，再顧傾人國」的歌，引起漢武帝注意，其妹因而入宮，後人遂以傾
城傾國（或傾國）形容絕代佳人，後來也成為美女的代稱。這句是說唐玄宗迷
戀楊貴妃，不理朝政，因而導致安史之亂。

❹　玉輦：皇帝乘坐的車子。輦，人推拉的車，秦漢後特指君后所乘的車，如帝輦、鳳輦、玉輦，形容車子的華麗。何由：有什麼理由。

【賞析】

　　此詩首句寫安祿山叛軍兵臨長安城下的情景，寫得很有氣勢，七個字就表現出叛亂的影響和規模，給下句馬嵬之變作準備。第二句寫馬嵬之變楊貴妃的悲慘命運。前人評此兩句說：「兩『自』字淒然，寵之實以害之。用筆曲折，警動異常，而以為徑直，可乎？」我還認為這兩個「自」字表層意義是「自然」，實際上貴妃的死是被逼的，死後的一切又如何能作主？所以「自」是反諷語，是無可奈何的。正如白居易所寫：「六軍不發無奈何，宛轉蛾眉馬前死」（將士們不肯前進有什麼辦法，楊貴妃只有在兵馬前被縊死），字裏行間充滿了對楊貴妃這位弱女子的無限同情。

　　最後兩句認為軍士們將責任推給楊貴妃是不合理的。責任不在楊貴妃，而是唐玄宗的貪圖美色所致，倘若不是如此，馬嵬之變根本不會產生。詩人使用了反問句質問道：倘若唐玄宗懂得迷戀女色會導致國家傾覆的道理，哪裏會有安祿山的叛亂與馬嵬之變，激憤之情溢於言表。

　　唐代詩人不乏詠馬嵬之變的作品，但均不夠公正，多偏袒唐玄宗而責怪楊貴妃，抱的是「女人是禍水」的觀點，連詩聖杜甫都不例外。他在《北征》中說：「不聞夏殷衰，中自誅褒妲」，把楊貴妃比作褒姒（周幽王因寵愛她，招致犬戎入侵，西周亡）、妲己（殷紂王因寵她而亡國），詩中說不曾聽說夏殷周各朝末代國君，肯主動誅殺寵愛的美人褒姒和妲己，而玄宗卻能順從軍意，縊死楊貴妃，是與「古先」不同，十分明智。另一位詩人鄭畋在《馬嵬坡》中說：「總是聖明天子事，景陽宮井又何人？」將

貴妃比作南朝陳後主的寵妃張麗華，陳後主寵愛她，荒淫無度，隋軍破建
康（今南京市），二人藏匿景陽宮井裏，被殺。詩中讚美唐玄宗是聖明天
子，賜死楊貴妃是英明之舉，否則也會和陳後主一樣被殺而亡國。白居易
在《長恨歌》中雖然也寫到唐玄宗的「重色思傾國」，但並未對馬嵬之變
有所評價，他側重寫唐玄宗與楊貴妃的愛情悲劇，並對唐玄宗的多情作了
細緻的描繪，亦屬讚美之作。

　　李商隱與他們完全相反，他指出馬嵬事變的根源，指出把責任推給一
個弱女子的唐玄宗並不聖明，相反地，乃是一個昏瞶無道的昏君，內含對
他縊殺楊貴妃的懦夫行為的申斥，使得作品閃耀思想的光輝，顯示出其見
解的過人之處。

其二

【譯注】

海外徒聞更九州 ❶，	徒然聽人說海外還有九州，
他生未卜此生休 ❷。	來生未可預料今生已罷休。
空聞虎旅傳宵柝 ❸，	只聞禁軍夜間報更木梆聲，
無復雞人報曉籌 ❹。	不再有宮院雞人報曉擊籌。
此日六軍同駐馬 ❺，	這天所有將士都停駐不發，
當時七夕笑牽牛 ❻。	往日的七夕笑談織女牽牛。
如何四紀為天子 ❼，	為何當了四十幾年的皇帝，
不及盧家有莫愁 ❽。	不如莫愁夫婦可長相廝守。

❶ 更：還有。九州：古代學者將中國分為九個州，即兗、冀、青、徐、豫、荊、揚、雍、梁，亦有以幽州代梁州。戰國時期陰陽五行家鄒衍曾說中國九州總名為赤縣神州，而在海外還有九個像赤縣神州一般的大州。這句海外九州指的是蓬萊仙境，傳說楊貴妃死後魂魄到了那裏。白居易在《長恨歌》裏寫唐玄宗從四川回長安後，日夜思念楊貴妃，就讓方士（古代稱從事求仙煉丹的人）去尋找她的魂魄，但是上天入地皆不見，後來「忽聞海外有仙山，山在虛無縹緲間。樓閣玲瓏五雲起（玲瓏的樓閣上升起五色雲彩），其中綽約多仙子（裏面有很多風姿綽約的仙子）。中有一人似太真（楊貴妃為女道士時，號太真），雪膚花貌參差是（雪白的膚色、如花的容貌與生前差不多）」。這句是說海外有九州的傳說是不可靠的，因此說楊貴妃在蓬萊仙境也是無此事的，作者用「空聞」否定了那種傳說。

❷ 休：罷休，指人死，情愛終了。這句是指方士在仙山找到楊貴妃，她把當初和唐玄宗定情的信物金釵（金首飾）、鈿合（嵌着金花的盒子）讓方士帶回去，爾後說的一段話而言：「昔天寶十載（公元 756 年），侍輦避暑驪山宮，秋七月牽牛織女相見之夕……上（玄宗）憑肩而立，因仰天感牛女事，密相誓心，願世世為夫婦」。這句針對「世世為夫婦」的誓言，指出來生如何無從預料，不過此生緣份已盡卻是事實。

❸ 虎旅：護衛皇宮的禁衛軍。柝：舊時巡夜時打更用的梆子。

❹ 雞人：古代宮中不可養雞，遂有專人代替公雞報曉司晨，他們敲擊的竹製的工具稱曉籌。

❺ 六軍：天子有六軍，每軍一萬二千人。同駐馬：天寶十五載（公元 756 年）六月十四日，安祿山破潼關，唐玄宗倉惶逃蜀途中，至馬嵬坡，禁衛軍駐馬不前，要求誅殺楊國忠和楊貴妃。白居易《長恨歌》：「六軍不發無奈何，宛轉蛾眉馬前死」（六軍不肯前進無可奈何，只好忍着心在兵馬之前將楊貴妃縊死），可以給這句作注腳。

❻　七夕笑牽牛：七夕晚笑牽牛織女一年一度才得相會，參看注 ❷。

❼　四紀：一紀為十二年，四紀四十八年，唐玄宗共當了四十五年皇帝，約有四紀。

❽　莫愁：傳說中古代女子名，一說洛陽（今河南省洛陽市）人，一說石城（今湖北省鍾祥縣）人。南朝梁武帝《河中之水歌》說：「河中之水向東流，洛陽女兒名莫愁。莫愁十三能織綺（綺是有花紋的絲織品），十四採桑南陌頭。十五嫁為盧郎婦，十六生兒字阿侯。盧家蘭室桂為樑（居室以桂木為樑），中有鬱金蘇合香（鬱金、蘇合都是可製成香料的植物）。」

【賞析】

前首七絕是按事件發生發展的順序寫的，全詩是先敘述後評論；這首七律則是採用逆入手法，首兩句先對唐玄宗命方士召楊貴妃魂魄予以評論，不論是「徒聞」，還是「他生未卜」，都說明楊貴妃的悲劇已經無可挽回，一切努力均屬徒勞。三、四句寫唐玄宗一行夜間駐軍馬嵬坡的緊張氣氛，這裏聽不到宮中「雞人報曉籌」，只聽到「虎旅傳宵柝」，一派戰爭的景象，「傳宵柝」——報更的木梆聲在靜夜迴蕩，對於生長在深宮旖旎之鄉的唐玄宗來說實在是使之震慄不安的經歷。作者抓住了夜晚行軍具有特徵性的細節來寫，「空聞」二字還表現了聽者在此時此地驚惶不安的心態，藝術效果是顯著的。

第五、六句用對比的寫法一方面寫出當時縊殺楊貴妃的過程，另一方面也寫出了唐玄宗為了保住自己完全背棄了當初「世世為夫妻」的誓言，把他的自私與無情展示無遺。這兩句的章法深得後代詩評家的讚賞，說其中使用了逆挽法，使板滯變得跳脫，先言「此日」，後說「當時」，與一

般先說「當時」，後說「此日」相逆而行。首兩句與三、四句亦是如此，是本詩結構上具有獨創性的一個特點，使得全詩變得靈活多變化。

最後問句收筆。其中既有對唐玄宗的諷刺也不乏對他的同情，用的也是對比手法，把做了四十幾年皇帝的李隆基與普通的民間女子莫愁相比。照一般看法，皇帝高高在上，享盡榮華富貴，想什麼有什麼，而今卻是連愛妃都保不住，想白頭偕老都只是幻想，還遠不如盧家的媳婦莫愁，可以與丈夫長相廝守。造化弄人，至於如此，令人浩歎！

這兩句道出了非常深刻的人生哲理，那些最為人羨慕的人，可能是最不幸者；反而是那些被認為是不太幸運的普通人，享受到人生應有的樂趣。這種例子，在現實中俯拾即是。

這首詩除了章法靈活以外，在對偶方面亦十分用心思。如中間兩聯，「虎旅」對「雞人」，「傳」對「報」，「宵柝」對「曉籌」，「此日」對「當時」，「六軍」對「七夕」，其中「虎」對「雞」，「宵」對「曉」，「六」對「七」，「駐」對「牽」，「馬」對「牛」都很難對，但都對得很精巧，可見作者純熟的語言技巧。

漫成三首（選二首）

【題解】

　　這三首詩寫於唐文宗開成三年（公元 838 年），當時詩人二十六歲。

　　開成二年（公元 837 年），李商隱得到令狐楚的薦舉，擢進士第，十一月楚病卒，他失去了有力的靠山。此時涇原（治所在涇州，今甘肅省涇縣北）節度使王茂元賞識他，聘他為幕僚，而且把女兒嫁給他，這給他後來的政治生涯蒙上了陰影。令狐楚屬於牛僧孺黨，王茂元則屬於與之相對立的李德裕黨。李商隱由牛黨投奔李黨，被牛黨視為「背恩」之舉，成為牛黨忌恨、打擊的對象，商隱婚後不久即參加吏部博學鴻詞試，他以真才實學被考官周墀、李回錄取，並擬呈報，但為牛黨所阻，結果落選。這對李商隱後來的仕途產生極大的影響。

　　這兩首詩寫於他為考官周墀、李回賞識之時。

這是一組詠史絕句，詩中對古代詩人及其作品作了評價，實際上是借此抒發自己的情懷。我國眾多詠史詩都不是為詠史而詠史，而是「借古人之酒杯，澆自己的壘塊（內心積鬱不平之氣）」，以下所選的兩首亦不例外。

漫成：隨意寫成。

其一

【譯注】

沈約憐何遜 ❶，	南朝的沈約多麼憐惜何遜，
延年毀謝莊 ❷。	而顏延年卻背後詆譭謝莊。
清新俱有得 ❸，	他們的詩作均具清新風格，
名譽底相傷 ❹？	何苦讓名譽互相予以損傷？

❶ 沈約（公元 441 至 513 年）：南朝梁文學家，因為輔佐梁武帝登位，曾官至尚書令（在皇帝左右處理政務的官），在文壇與政壇均有極高的地位。何遜（？至約公元 518 年）：南朝梁詩人，字仲言，青年時即以文學著稱，其詩長於寫景與煉字。沈約非常欣賞何遜，曾對何遜說：「吾每讀卿詩，一日三復，猶不能已。」（《南史‧何遜傳》），可見他對何遜憐愛的程度。

❷ 延年：顏延之（公元 384 至 456 年），南朝宋詩人，字延年。謝莊（公元 421 至 466 年），南朝宋文學家，字希逸。《南史‧謝莊傳》載，宋孝武帝嘗問顏延之道：「謝希逸《月賦》何如？」答曰：「美則美矣，但莊始知『隔千里兮共明月。』」帝召見謝莊，把延之的話告莊，莊應聲道：「延之作《秋胡詩》，始知『生為久離別，沒為長不歸。』」

❸ 清新：指作品風格純淨脫俗。俱有得：是說《月賦》和《秋胡詩》都清新。

❹ 底相傷：何苦互相詆傷。

【賞析】

　　這首詩用沈約憐愛何遜比喻考博學鴻詞試時考官周墀、李回對作者的賞識，準備錄取並上報。又用顏延年對謝莊的詆損使他落選比喻某中書（有決策權的高官）長者，考官可能聽到牛黨的詆謗，所以說「此人不堪（不合格）」而把他的名字從錄取名單上「抹去」。最後兩句說顏、謝文才各有所得，何必自相詆傷。有人認為這詩是考試不中選前所作。雖然已經遭到牛黨忌恨，尚未太甚，所以語氣較婉轉，其實說是落選後所寫更合適，因為從問句中表現了詩人對人與人間（尤其是文人與文人之間）不但不互相愛護而卻相互傷害的不理解與沉痛心情。大家都讀過曹植的《七步詩》，其中最後兩句「本是同根生，相煎何太急？」與此詩末兩句在表達手法上是不是頗有相似之處呢？李商隱無形中受到曹植的影響是很可能的。

其二

【譯注】

霧夕詠芙蕖，	香霧瀰漫的良夜吟詠芙蕖，
何郎得意初 ❶。	正是青年何遜極得意之時。

此時誰最賞？	此刻什麼人對他最為賞識？
沈范兩尚書 ❷。	那是沈約與范雲兩位尚書。

❶ 芙蕖：荷花，蓮花。何遜《看伏郎新婚》詩中有「霧夕蓮出水，霞朝日照梁。何日花燭夜，輕扇掩紅妝」之句，意謂有霧的夜晚蓮花出水面，有霞的清晨陽光照屋梁，都比不上洞房花燭夜，輕巧的扇子掩遮新娘的嬌態美麗。何詩是寫伏郎新婚，商隱在此兩句中直指何遜新婚，又以何遜自許，指自己新婚。即開成三年（公元 838 年）與涇原節度使王茂元女結婚，那時李商隱才二十六歲，頭一年剛中進士，今年結婚，古人以「洞房花燭夜，金榜題名時」形容人生得意，所以說「得意初」。

❷ 沈范：指沈約、范雲。沈約賞識何遜事，已見「其一」。范雲（公元 451 至 503 年），南朝齊梁詩人，宇彥龍，歷仕宋齊二代，後助梁武帝登位，為吏部尚書（掌管全國官吏任免、考課、升降、調動等事務的長官），他讀到何遜的對策（應舉的人對答皇帝有關政治、經濟的策問）後稱賞不已，結為忘年交。後來對何的「一文一詠，雲輒嗟賞。」

【賞析】

　　此詩以才華橫溢的青年詩人何遜自比，借用其作品的詩意表現自己當時事業愛情兩得意的心情，還用沈約、范雲對何遜的讚賞比喻考官周墀、李回在他應博學鴻詞試時的賞識。詩中使用古事，比喻貼切。前兩句中的得意以及後兩句的感激之情盡含於不言中，是用典的上乘之作。

代贈二首

【題解】

　　代贈，是代人撰寫的贈人的詩，屬於閨怨詩一類。內容寫丈夫遠去，妻子因懷念而生的愁怨。題目是代贈，可能並非真有代擬的對象。

　　二首在內容上側重點有所不同，第一首寫盼歸之思；第二首寫送別之情。

其一

【譯注】

樓上黃昏欲望休 ❶，　　　　黃昏登高樓要遠望又罷休，
玉梯橫絕月中鈎 ❷。　　　　玉梯無法上月兒彎彎如鈎。
芭蕉不展丁香結 ❸，　　　　芭蕉葉不舒展丁香結成蕾，
同向春風各自愁。　　　　　一同向春風訴說內心哀愁。

❶　休：休止。

❷　玉梯橫絕：玉梯橫斷，梯子斷了，人無法上去。月中鈎：一作「月如鈎」。

❸　丁香結：丁香花蕾含苞未放。

【賞析】

　　首句寫丈夫遠去，少婦獨自在閨房中十分思念，尤其是在暮色蒼茫之時，她希望丈夫回來，心想可能正在往回歸路上走呢。所以她登上高樓遠望，但是一想到屢次登樓遠望，終是帶來更大的惆悵，所以又停止腳步返回閨房內。二句用「玉梯橫絕」描述自己對丈夫回來的絕望，仰望天上一彎新月，映照孤獨的自己，黯淡的景色更增加內心的淒涼。三、四句從仰望轉為俯視，見到芭蕉葉捲起，而丁香花含苞未放，其形象與自己鬱結的內心相同，一起向春風傾訴內心的哀愁。在此兩句中詩人將哀愁投射到芭蕉葉和丁香花蕾上，把哀愁意象化，給人留下不可磨滅的印象，因而成為名句。

其二

【譯注】

東南日出照高樓❶，　　　　太陽從東南升起照耀高樓，
樓上離人唱石州❷。　　　　高樓上的離人高唱起《石州》。
總把春山掃眉黛❸，　　　　我總是把眉毛描成春山狀，
不知供得幾多愁❹？　　　　但不知道它能供給多少愁？

❶ 東南日出：即日出東南，這句化用古樂府《陌上桑》「日出東南隅，照我秦氏
　　（詩中女主角秦羅敷）樓」的詩意。

❷ 離人：要離家遠行的人。石州：古樂府有《石州詞》，內容寫婦人思念守邊的
　　丈夫，唱石州是對離人表示他離開後自己將會十分懷念。

❸ 掃：畫、描。眉黛：古代女子以黛（青黑色的顏料）畫眉，所以稱眉為眉黛。
　　這句原來的意思是按春山的樣子或顏色來畫眉毛。古書有用「眉色如望遠山」
　　形容女子的美貌，此處除有此意外，還有描摹其愁思如春山般鬱鬱蒼蒼，愁緒
　　似春山般重重疊疊、綿延不絕之意。

❹ 供得多少愁：形容離愁別恨多得不勝數。

【賞析】

　　前一首《代贈》是盼望親人歸來的痛苦，此首係寫送別離人的哀傷。
首兩句寫日出之時少婦為即將遠離的丈夫唱《石州詞》以寄託離別情懷。
《石州詞》的內容為：「自從君去遠巡邊（到邊境守防去了），終日羅幃獨

自眠。看花情轉切（思念之情更急切），攬鏡淚如泉。一自離君後，啼多雙臉穿。何時狂虜滅，免得更留連。」說自己在親人離去後亦將如《石州詞》的女主角一樣終日以淚洗面，借用古樂府的內容表述情思的好處是以最少的文字表述豐富的內容，是一種間接的表現方式。

後兩句抒寫離別之後的心緒，先寫眉黛似春山，再曲折地說春山也不能顯示內心離愁之多，於是眉黛、春山與愁恨三者融合在一起，把抽象的離愁具體化，變成可觸摸的東西。兩句因為表現手法新穎，為後代詩人所引用。金代元好問《鷓鴣天・薄命妾辭》云：「天也老，水空流，春山供得幾多愁？桃花一簇開無主，盡着風吹雨打休。」

花下醉

【題解】

　　一般人賞花都是在花開得燦爛之時，當然最好是在白晝，陽光普照之際。這首詩不同，李商隱是在深夜醉酒醒後，獨自持着紅燭賞殘花，並在其中發現美，表現了詩人特有的與傳統迥異的審美情趣。

【譯注】

尋芳不覺醉流霞 ❶	尋芳飲美酒醉倒花叢下，
倚樹沉眠日已斜。	倚樹沉眠不覺日已西斜。
客散酒醒深夜後，	酒醒客人散去已是深夜，
更持紅燭賞殘花 ❷。	我再手持紅燭欣賞殘花。

❶ 尋芳：尋覓芳花，即賞花去。流霞：神話傳說中的仙酒名。傳說有一個名叫項曼都的人，與一子入山學仙，十年而歸，回來後對人說：「仙人但以流霞一杯，與我飲之，輒（就）不飢渴。」後來詩中以流霞泛指美酒，此處亦然。

❷ 更：復，再。

【賞析】

這首詩抒發了作者對花的癡戀之情。

首句寫他去尋芳，尋到後在繁花之下迷醉。「醉」字字面上是說在花下一面賞花、一面喝酒而醉了，深層的意思是詩人為花的姿色與芬芳而陶醉，表現了詩人愛花之深情。第二句描寫在花下沉睡，一睡就睡到日斜，表明其沉醉之甚，已達物我兩忘的境界。

三、四句緊接首兩句出現新的畫面 —— 客散酒醒，詩人仍覺賞花之興未盡，於是再持紅燭欣賞殘花，在他看來日光下燦爛的花朵固然美麗，用燭光映照下的殘花亦自有一種美態。

清人馬位評這首詩三、四句時說：「李義山詩『客散酒醒深夜後，更持紅燭賞殘花』，有雅人之致；蘇子瞻『只恐夜深花睡去，高燒銀燭照紅妝』，有富貴氣象，二子愛花興復不淺。」說李義山愛花興致不淺是對的，但說那兩句有「雅人之致」則未道出兩句中在衰敗中發現美的審美特徵，這種審美情趣也顯示於其他詩句中，如「秋陰不散霜飛晚，留得枯荷聽雨聲」（《宿駱氏亭寄懷崔雍、崔袞》）就是。

碧城三首（選一首）

【題解】

　　這組詩是以第一首的頭二字為題。也是無題詩之屬，其題旨歷來眾說紛紜，有如《錦瑟》篇。有人說是諷刺唐武宗李炎登臺求仙，縱情聲色，有人說是唐玄宗與楊貴妃七夕長生殿私語事，但較多的人認為是「似詠其時貴主事」，即以仙女比喻唐代公主出家當女道士，卻塵心未泯、情慾難除的苦悶與煩惱。

　　唐朝道教十分興盛，這是由於皇帝的大力提倡。唐太宗尊道家創始人李耳（老子）為始祖，唐高宗尊之為玄元皇帝，唐玄宗對提倡道教更是不遺餘力，老子的《道德經》被奉為聖經，還以道教開科取士。由於帝王的提倡獎勵，道家學說自然相習成風，許多名人都帶有道教色彩，如李白、賀知章、李泌等是。在這種風氣驅使下，連女子也受影響。公主自願出

家為女道士者甚夥，如文安、潯陽、平恩、邵陽、永嘉、永安、義昌、安康等公主無不如是，但她們又耐不住道觀的孤寂生活，需要愛情甘露的滋潤。這首詩就是描述她們此一複雜的矛盾心態。

【譯注】

碧城十二曲闌干 ❶，	碧霞宮有層疊樓閣曲折欄杆，
犀辟塵埃玉辟寒 ❷。	簪上有卻塵犀火玉可以辟寒。
閬苑有書皆附鶴 ❸，	閬風之苑傳遞書信依靠仙鶴，
女牀無處不棲鸞 ❹。	女牀山上無處不棲息着鳳鸞。
星沉海底當窗見 ❺，	星星沉落海底當窗可以遠見，
雨過河源隔座看 ❻。	大雨掠過河源隔座得以觀看。
若是曉珠明又定 ❼，	倘若燦爛的太陽長明不下落，
一生常對水精盤 ❽。	這一生將永遠面對着水晶盤。

❶ 碧城：碧霞之城。元始天尊（道家諸天神之一）的居處。據《太平御覽》，元始天尊居紫雲之閣，碧霞為城。十二：形容城闕之多，十二只是表示很多，並非實數。闌干：同欄杆。

❷ 犀：卻塵犀，海獸名。其角可辟（排除）塵土，置於座上，塵埃不入。玉：指火玉，據說夫餘國（在今吉林省雙城縣南）貢火玉，色赤，長半寸，上尖下圓，光照數十步，放在室內，散發暖氣，可以不穿絲棉衣。辟寒：排除寒氣。

❸ 閬苑：傳說中神仙的居處。書：指情書。附鶴：神仙以鶴傳書。

❹ 女牀：神話傳說中的山名，山上有五彩的鸞鳥，古書中常以鸞鳳之交比喻男女的情愛。與上句合起來是說仙女傳書到遙遠的地方與情人密約佳期。

❺ 星沉海底：指天已破曉。

6 河源：黃河的源頭，這裏指天河，相傳漢代張騫為了尋找河源，曾乘木筏到天河，遇到織女和牽牛二星。與上句合說謂女主人公為了等待情人的到來仰望天空，直到天曉，仍不見他的到來。

7 曉珠：指太陽。

8 水精盤：喻月亮。兩句意謂如果太陽永世不落，自己只有孤寂地獨居有如面對清冷的月亮。

【賞析】

詩的首聯寫女主角居處的豪華，先寫大環境：城闕高聳，層層疊疊；玉砌欄杆，曲曲折折。次寫小環境：室內盡是稀世之寶，卻塵犀、辟寒玉只是其中的一二件，但已足以顯示富麗華貴，但這些並不能使她覺得幸福快樂，反而更襯托其難耐的孤獨與寂寞。二聯寫她給關山遠隔的情人傳書，但音信杳然。三聯寫她夜夜仰首長望天河直至星沉海底，拂曉到來，仍不見蹤影。尾聯寫失望已極，她對未來充滿了恐懼，她害怕自己此生將面對冷月過幽寂的生活。此聯與作者的七絕《嫦娥》的末兩句「嫦娥應悔偷靈藥，碧海青天夜夜心」的意旨相同，可以參照着看。

這首詩明寫仙女，實寫為女道士的公主，整首詩使用了隱喻和象徵手法，用華麗的詞藻和引人遐想的典故含蓄地表現女主角的苦悶與煩惱。使人在可解與不可解之間獲得美的感受。這是李商隱詩作的特質。

嫦娥

【題解】

　　嫦娥，神話中后羿的妻子，后羿從西王母處得到不死的仙藥，嫦娥偷吃之後，飛向月宮。

　　此詩含意，歷來有不同的看法。有人說是悼念詩人亡妻王氏的，有人說是寫懷才不遇的，有人說是譏誚女道士不耐寂寞。均認為詩人是有寄託，其實我們可以撇開寄託說，單純發掘詩中嫦娥形象的內涵，以及其中所揭示的人生哲理。當然也不必對寄託說全盤否定。

【譯注】

雲母屏風燭影深 ❶，　　　　　　雲母裝飾的屏風燭影深深，
長河漸落曉星沉 ❷。　　　　　　星河漸漸隱沒曉星亦下沉。
嫦娥應悔偷靈藥，　　　　　　　嫦娥應後悔偷了不死之藥，
碧海青天夜夜心 ❸。　　　　　　碧海般青天伴夜夜寂寞心。

❶ 雲母：一種礦石，晶瑩透明有玻璃光澤，古代常用以裝飾傢具。燭影深：燭光暗，在屏風上投下深暗的影子。

❷ 長河：銀河。曉星：啟明星，古代指太陽沒有出來之前，出現在東方天空的金星。

❸ 碧海青天：形容天空碧藍如海。

【賞析】

　　唐人寫月的詩很多，其中最傑出的是李白，似乎把月寫盡了。但是李商隱卻能獨出心裁，從另一個角度 —— 神話中奔月的嫦娥來寫月，而且成為絕唱。除本詩外，另一首是《霜月》（見下首），其中「青女素娥俱耐冷，月中霜裏鬥嬋娟」兩句，詩人想像嫦娥與青女在月光霜華中爭麗鬥妍，表現她冰清玉潔的品格。

　　這首詩因時空的變換，作者又從別的角度來寫嫦娥，他面對皎潔的明月，聯想她在月宮中的生活狀況及其心境，於是寫下這首立意十分獨特的詩。

　　首句寫室內景物，次句寫室外景物，表現主人公嫦娥度過了一個不眠的長夜，因為，只有不眠的人才能看到雲母屏風上燭影變深，星河漸隱，

啟明星下沉，天將破曉，從此兩句中我們彷彿看到她輾轉反側夜不能寐的情景。作者十分技巧地透過室內外景物的變移來暗示人物的活動。

三、四句寫徹夜不寐的因由；原來千百年來人們所欣羨的美麗的月宮仙子嫦娥並不幸福。在月宮中她是如此的孤寂，日日夜夜形影相弔，面對碧海般浩瀚無垠的青天，長生不老帶來的只有永生永世的煎熬，所以她後悔當初偷靈藥之舉。

詩中道出了一個深邃的人生哲理，那就是人們拚命追求自己認為的美好的東西，但得到之後，卻發現這東西給自己帶來的卻是無窮無盡的痛苦，人們常常為追求快樂，反而墜入痛苦的深淵，人生眾多悲劇因而產生。

作者在詩中所要傳達的旨意大致如此，但並不妨礙讀者在其中發現其另有寄託。

李商隱對女冠（女道士）的遭遇是非常同情的，在《和韓錄事送宮人入道》一詩中有「鳳女顛狂成久別，月娥孀獨好同遊。當時若愛韓公子，埋骨成灰恨未休。」意謂宮人離開宮禁入道觀，從此永別人世生活，與孀獨的嫦娥同道，倘若她在人間有所戀的話，死後埋骨成灰，當遺恨綿綿。詩中將女冠比作嫦娥，過着「孀獨」的生活。聯繫當時的時代背景，唐代道教盛行，皇帝常放出一些宮女「入道」，這些入道觀的女子只有在孤獨寂寞中虛度漫長的歲月，有些女冠忍受不住苦悶與外來的男子發生戀情，李商隱研究者根據其詩考證出他曾與女冠戀愛過，對她們頗為熟悉，所以才能以深摯的筆觸透過詠嫦娥描摹她們的不幸，決無譏誚之意。

對一首詩可以有不同的理解，這就是讀詩的樂趣。

霜月

【題解】

這是一首詠霜夜之月的七絕。

詩人在深秋之夜賞看霜月,在霜月交映,到處是一片銀白的境界中,詩人將自己高潔的品格投射到青女素娥身上,想像她們在嚴寒的環境中爭麗鬥妍。

【譯注】

初聞征雁已無蟬 ❶,　　　　　　剛剛聽到雁啼已不聞鳴蟬,
百尺樓高水接天 ❷。　　　　　　百尺高樓月色如水佈滿天。
青女素娥俱耐冷 ❸,　　　　　　青女素娥都耐得住刺骨冷,

月中霜裏鬥嬋娟 ❹。　　　　　　　在月光與霜華裏爭麗鬥妍。

❶ 雁：鴻雁，大型游禽，羽毛紫褐色。腹部白色，大小、外形一般似家鵝，或較小，嘴扁平，腿短。每年春分（三月二十或二十一日）後飛往北方；秋分（九月二十二、二十三或二十四日）後飛回南方。詩中所寫乃深秋，正是北雁南飛（向南方遠征）之時，故曰「征雁」。已無蟬：北雁南飛之時，蟬已停止鳴叫，故言已無蟬。

❷ 水接天：水指的是月色霜華似水，因其瀰漫天空，故言。

❸ 青女：主霜雪的女神。素娥：即嫦娥，神話中后羿的妻子，后羿從西王母處得到不死之藥，嫦娥偷吃之後，奔走月宮。圓月色白，故稱素娥。耐：經受得住。

❹ 鬥嬋娟：各自展示美好的姿態，鬥比一番。嬋娟，美好的樣子。

【賞析】

　　第一、二句先寫季節。作者用樹巔鳴蟬已停止鳴叫、長空傳來鴻雁的啼聲、百尺高樓上仰望銀月高照、如水的月色瀰漫晴空，說明這是深秋，使深秋的形象具體地展示在人們眼前。以水比喻月光霜華，將靜止的東西化為流動的物體，搖曳生姿，其中已經注入了作者的情愫。第二句極寫月光霜華的美，亦表現出其清寒的一面，為三、四句做了鋪墊。

　　首兩句寫現實中的景物。三、四句則馳騁想像，把讀者引進高遠譎幻的神話境界。詩中寫青女素娥俱耐得住高空的寒冷，不但耐得住，還從容不迫地展示其絕美的姿容，說明她們不畏環境的艱難，她們的美正是在艱難環境中才能得到充分的呈現。詩中的青女素娥有詩人的影子在，作品通過對青女素娥的禮讚，展示了他冰清玉潔的高超品格，詩人對完美的追求在詩中得到充分的表現。

無題二首（選一首）

【題解】

　　這首詩寫於開成四年（公元 839 年）李商隱在長安任祕書省校書郎（在掌管國家典籍圖書的官署裏任校對書籍工作）之時，內容寫詩人在一個通曉達旦的豪宴上與一位女性邂逅，二人一見鍾情，但對方可能是高官的姬妾，離開之後，只能心靈遙遙相通，其中第二聯「身無綵鳳雙飛翼，心有靈犀一點通」已成為情人身雖分隔，但卻心心互通的名句。

　　無題：由於作品內容係表達作者的隱衷，不便明白點出，故題目標「無題」。

【譯注】

昨夜星辰昨夜風，	昨夜璀璨星光昨夜醉人春風，
畫樓西畔桂堂東❶。	畫樓西側桂堂之東你我相逢。
身無綵鳳雙飛翼❷，	身上沒有彩鳳能齊飛的雙翼，
心有靈犀一點通❸。	心中卻有靈犀一點可以相通。
隔座送鈎春酒暖❹，	隔着座位傳藏鈎春酒正溫暖，
分曹射覆蠟燈紅❺。	分成兩組射覆蠟燈光分外紅。
嗟余聽鼓應官去❻，	最可歎我聽到更鼓得辦公去，
走馬蘭臺類轉蓬❼。	騎馬赴蘭臺類似旋轉的飛蓬。

❶ 畫樓：繪有彩色圖案的樓房。桂堂：芬芳的廳堂。桂，桂樹，常綠喬木，花芳香。有人說桂堂是桂樹構築的廳堂，亦通。

❷ 綵鳳：彩色羽毛的鳳凰。《山海經》：「丹穴山，鳥狀如鶴，五彩而文（紋），名曰鳳。」

❸ 靈犀：犀牛角，古代傳說，犀牛角有一條白紋，從角端直通大腦，感應靈敏，故稱。這句用以比喻彼此心靈相通。兩句意謂身上雖然沒有像彩鳳生有雙翼，可以飛去相會，但心中卻有靈犀一點，感應相通。

❹ 送鈎：又稱藏鈎，古代行酒時的一種遊戲。分成兩隊，一隊把一鈎藏在其中一人手中，隔座傳送，另一隊猜鈎的所在，不中者罰飲酒。

❺ 分曹：分隊。射覆：亦是古代行酒時的一種遊戲。兩人一組，把東西放在器皿下面，讓人猜，猜中為勝。蠟燈紅：蠟製的燈紅光照耀。兩句極寫飲宴時的熱鬧氣氛。

❻ 聽鼓：聽到報曉的鼓聲。應官：古代各衙門卯時（五時）擊鼓，百官應時上朝。

❼ 蘭臺：指祕書省，掌管圖書祕籍的官署。按：祕書省在唐高宗龍朔二年（公元662年）改為蘭臺。中宗神龍年間（公元705至707年）復為祕書省。李商隱

當時正做祕書省校書郎，此處用舊名，故云。類轉蓬：類似隨風飛轉的蓬草，不能自由作主。

【賞析】

李商隱的無題詩常表現不欲告人的私衷，所以內容隱晦曲折。其意旨亦眾說紛紜，莫衷一是，有的人結合詩人身世說是政治失意之作。當時李商隱剛由進士及第入祕書省，內心充滿無限希望，然而不久，忽然外調補弘農尉（今河南省靈寶縣掌軍事的官），晉升的機會微小，所以有最後一句「走馬蘭臺類轉蓬」之歎。不過這種說法很牽強，因為無法解釋全詩，尤其是「身無綵鳳雙飛翼，心有靈犀一點通」兩句。

我看這首詩還是箋釋為愛情詩為佳。

這首詩首兩句點明了兩人相見的時間與地點。那是星光燦爛、微風和煦的昨夜，他們在畫堂西側桂堂東邊偶遇，從所描繪的環境看，是那麼溫馨、那麼令人沉醉。作者沒有具體寫出相會時甜蜜的情景，他留下空間讓我們根據自己的經驗去想像。

從三、四句可以看出他們的相會是如此匆匆，只是一剎那，匆匆又要分手，留下的僅為甜蜜的回憶與無窮的思念。日後恐怕無法重聚，傾訴情愫，惟有在遙遠的地方（因為侯門似海），心靈息息相通。可見形體上的分隔，並不能阻止他們的心心相印。這兩句寫二人離開後的相思。

五、六句接一、二句說分別之後女方登上畫樓，在春酒溫暖，蠟燈火紅，人們猜拳行令的宴飲中陪客人去了。詩人將氣氛寫得十分熱烈，以此反襯詩人當時孤寂落寞的心情，可以想像女方要陪客耍樂，內心必更為痛苦。詩人望着心愛的人形孤影單，遭受煎熬，心情如何，不言而喻。

最後兩句寫自己，破曉更鼓已響，作者想遠望意中人都不可能，因為官務纏身，需要到祕書省上班辦公務去。不久，他又外調弘農縣尉，一方面為自己像隨風飄轉的遊宦生涯感歎，一方面亦為離開戀人更為遙遠而哀傷。

　　清代詩人黃仲則曾寫過一首《綺懷詩》云：「如此星辰非昨夜，為誰風露立中宵」，意謂像今晚這樣的星光，已不是昨晚的情景，你是為誰在這冷風重露中立到半夜呢？可見景物依舊，而人事全非，意中人已杳，只有癡癡地等待。此兩句延續了「昨夜星辰昨夜風」的詩意，不過李商隱是寫情侶相會的歡樂，星光是燦爛的、風是柔和的，而黃仲則寫的則是無望的等待，陪伴的是寒星冷風重露，情景有異，但同樣扣人心弦。

贈劉司戶

【題解】

　　這首詩寫於唐武宗會昌元年（公元 841 年），時詩人二十九歲。

　　劉蕡，字去華，幽州昌平（今北京市轄區昌平縣）人，唐敬宗寶曆二年（公元 826 年）進士，博學善屬文，嫉惡如仇。大和二年（公元 828 年），參加賢良方正能直言極諫科的策試，他的文章中切論宦官過於跋扈，將危及朝廷，要求宰相主持國政，將帥掌握兵權，指出唐朝正面臨「天下將傾，海內將亂」的危機，在官僚階層中間引起極大的反響，因而遭到宦官的忌恨。考官懾於宦官的權勢，不敢錄用。當時任山南東、西道節度使的牛僧孺、令狐楚皆極力引薦，授祕書郎（掌管經籍圖書的收藏及其抄寫事務），後遭宦官誣陷，貶柳州（今廣西省柳州市）司戶參軍（掌管戶口的官），死在任上，羅袞在《請褒贈劉蕡疏》中對他坎坷不幸的一

生有生動的概括:「遂遭退黜,實負冤欺。其後竟陷侵誣,終罹譴逐,沉淪絕世六十餘年」。

　　李商隱與劉蕡結識在開成二年(公元 837 年),那時二人同在山西南道節度使令狐楚幕下任職,後來劉蕡被貶柳州,時間約為開成四年(公元 839 年)八月以後至會昌四年(公元 844 年)以前,李商隱於開成五年(公元 840 年)曾至江鄉(今湖南省長沙市)一帶,會昌元年(公元 841 年)春與貶柳州的劉蕡在黃陵(今湖南省)晤別,於是寫下這首詩。

【譯注】

江風揚浪動雲根 ❶,	江風揚起了波浪山石搖蕩,
重碇危檣白日昏 ❷。	石墩繫桅杆白日黯淡無光。
已斷燕鴻初起勢 ❸,	已阻擋燕鴻振翅高飛之勢,
更驚騷客後歸魂 ❹。	更擔心騷客魂魄遲遲歸還。
漢廷急詔誰先入 ❺?	漢廷有誰能先把賈誼召回?
楚路高歌自欲翻 ❻。	接輿楚路上狂歌曲調自編。
萬里相逢歡復泣,	萬里外相逢歡暢而又悲怨,
鳳巢西隔九重門 ❼。	鳳凰巢與朝廷相隔多遙遠。

❶ 揚,一作「吹」。雲根:指山石。古人認為雲是山石上生出來的,所以說山石為雲根。這可能是從視覺直感而說的。也可能是古人觀察到山石對空氣中所含的水蒸氣有凝結成雨點的作用。

❷ 碇:船停泊時沉落在水中以穩定船身的石塊,用處如現在的錨。因為很沉重,故稱重碇。危檣:高聳的桅杆。危,高聳,如危樓、危峰。桅杆,豎立於船舶甲板上的圓木或金屬長杆,在帆船上主要用以揚帆。白日昏:白天都變得昏

暗，這是因為「陰風怒號，濁浪排空；日星隱曜（太陽、星星都隱藏了光輝），山岳潛形（山岳都隱沒了形跡）」（范仲淹《岳陽樓記》）。這裏是象徵政治的黑暗。

❸ 燕鴻：燕地的鴻鵠。燕，今河北省北部及遼寧省一帶。鴻，鴻鵠，就是天鵝，因為飛得高，所以常用來比喻志向遠大的人。這裏指劉蕡。劉蕡是幽州昌平人，古代幽燕並稱，乃因該地區唐以前屬幽州，戰國時屬燕。初起勢：剛剛開始振翅高飛，指劉蕡應賢良方正能直言極諫科的考試。全句說剛要一展抱負就遭宦官陷害，壯志難伸。

❹ 騷客：憂愁失志、牢騷滿腹的文人。或謂屈原作《離騷》，後人遂泛指詩人為騷人，亦通。後歸魂：是說劉蕡被貶謫，遲遲不獲赦免歸還。

❺ 漢廷急詔：用漢朝賈誼的故事。賈誼，西漢政論家、文學家，以善文為漢文帝所重用，但被大臣周勃等排擠，貶到長沙，後來漢文帝思念他，召他回京。這句詩表示詩人急切盼望朝廷能像漢文帝召回賈誼那樣召回劉蕡。

❻ 楚路高歌：用楚狂接輿的故事。楚狂接輿名陸通，接輿是其字，春秋楚昭王時的狂士。因為見到當時政治混亂，披髮佯狂以避免出仕作官，人稱楚狂。據說孔子遊楚國，接輿唱《鳳歌》從他車旁走過，歌詞云：「鳳兮鳳兮！何德之衰。往者不可諫，來者猶可追。已而已而！今之從政者殆而！」意思是現在道德衰敗，從政的人很危險，應該隱居起來以避免禍患才是。這句以楚狂比劉蕡，說他有如楚狂，自編歌詞，表達對社會政治的不滿。翻：編寫。在社會上，敢於對政治的陰暗面表示不滿並大力抨擊的人常被視為狂人，接輿如此，劉蕡亦然。宦官仇士良就對劉的座師（考進士時的主試官）楊嗣復說：「為什麼國家科第，錄取這樣的瘋漢？」可見將劉蕡喻為楚狂是有事實根據的。

❼ 鳳巢：傳說黃帝時有鳳凰巢於阿閣，比喻賢臣在朝。九重門：國君居住之所。宋玉《九辯》「君之門兮九重」。這句以鳳巢與皇帝遠隔，比喻賢能被貶斥。帝都長安在湖南之西，故云西隔。

【賞析】

　　這首詩第一、二句寫劉蕡所處的環境：江風掀起連天浪濤把山石都衝擊得搖動起來，繫船沉重的碇石和高聳的桅杆都籠罩在昏暗之中，不知能否經得住滾滾波濤的衝擊與狂風的吹打。表面上寫的是惡劣的自然環境，實際上是寫險惡的政治氣候，顯示當時藩鎮跋扈、宦官擅權、官僚腐敗、朝廷昏庸，國運岌岌可危。十四個字就形象地將當時令人憂慮的政治形勢寫出，這就把第三句中的「燕鴻初起」的燕鴻不懼形勢的嚴峻而毅然初起的英勇形象栩栩如生地凸現出來，使人想起高爾基所寫的暴風雨中的海燕，更對其「初起勢」羽翼就被摧折的命運表示深深的同情，並對摧折羽翼的邪惡勢力無限憎恨。接着第四句詩人擔心朋友被貶逐遲遲不歸，第五句希望朝廷能像漢文帝那樣早早把劉蕡詔還。第六句是讚揚劉蕡敢於像楚狂接輿那樣自編歌詞表示對朝政的不滿。第七句說兩人能在異地相逢既可喜但又可悲，因為劉氏將遠赴貶所，匆匆又將別離。西望長安，朝廷為姦佞所蒙蔽，與賢臣遠隔，不禁黯然。

哭劉蕡

【題解】

此詩寫作年代為武宗會昌二年（公元 842 年），時詩人三十歲。

李商隱曾在會昌元年（公元 841 年）春與貶謫柳州的劉蕡相逢，旋即分別。次年，劉蕡在潯陽（今江西省九江市）逝世，噩耗傳來，詩人悲慟萬分，寫下了本詩與《哭劉司戶二首》、《哭劉司戶蕡》等詩。

【譯注】

上帝深宮閉九閽 ❶，	天帝居住深宮緊閉九重門，
巫咸不下問銜冤 ❷。	巫咸也不下到人間問屈冤。

黃陵別後春濤隔 ❸，　　　　黃陵別後春濤分隔了我們，
溢浦書來秋雨翻 ❹。　　　　潯陽傳來噩耗秋雨已綿綿。
只有安仁能作誄 ❺，　　　　只有像潘岳寫誄文表哀悼，
何曾宋玉解招魂 ❻？　　　　哪能如宋玉懂得招回魄魂？
平生風義兼師友 ❼，　　　　平素情誼是師長又兼朋友，
不敢同君哭寢門 ❽。　　　　不敢與你同列須哭弔寢門。

❶　九閽：即九門，據說天帝居處有九門，此處天帝指皇帝。

❷　巫咸：古代傳說中的神巫名。銜冤：含冤。

❸　黃陵：山名，在今湖南省湘陰縣北四十五里，一名湘山，當湘水入洞庭湖之
　　處。春濤隔：春天的連天波濤把他們遠隔。因為乘舟離開，船在江水的遠處消
　　失，所以這麼說。

❹　溢浦：亦稱溢城，或溢口城，故城在今江西省九江市，即潯陽。書：指劉蕡逝
　　世的噩耗。秋雨翻：形容秋雨下得很大，傾盆而下。

❺　安仁：即西晉文學家潘岳的字，他擅長寫悼念文章，所寫《悼亡詩》十分有
　　名。誄：古代用以表彰死者德行並致哀悼的文辭。

❻　宋玉：戰國時代的文學家，相傳為屈原的弟子。《楚辭》中有一篇《招魂》，
　　王逸認為是宋玉為招屈原放佚的魂魄而作。

❼　平生：平素，以往。風義：情誼，道義。

❽　同君：與你處於同等的地位。君，「你」的尊稱。寢門：寢室的門。古代的宗
　　廟有廟和寢兩部分，前曰廟，後曰寢。《禮記‧檀弓》：「孔子曰：『師，吾哭諸
　　寢（內室）；朋友，吾哭諸寢門之外。』」李商隱認為劉蕡高風亮節，自己與他
　　情兼師友，但不敢自居同等地位而哭弔於寢門之外，而必須哭諸寢門。

【賞析】

　　詩的首兩句寫朝廷昏庸，致使劉蕡遭貶逐，備受冤屈直至身亡，憤怒之情溢於言表。三、四句寫與劉氏春天在黃陵一別，隔江遙望，忽然在秋雨傾盆之中聞及劉氏死訊，悲痛莫名，把情融於景中來表現。五、六句表面上說自己對他沒有什麼幫助，只能像潘岳作詩文哀悼，像宋玉那樣為他招魂，希望他魂兮歸來，死而復生。最後表明他對劉蕡亦師亦友的深厚情誼，還抒發他對劉蕡的欽敬之情。

【題解】

　　此詩與《哭劉蕡》寫於同時。詩中說劉蕡被貶謫引起巨大的社會反
響，指出劉蕡在對策中的言論，關係到唐朝的中興，但卻遭到不幸，含冤
而逝。想起去年的送別情景，令人痛心疾首。

【譯注】

路有論冤謫，	路上有人議論含冤貶謫事，
言皆在中興 ❶。	對策中言論事關唐室中興。
空聞遷賈誼 ❷，	空聞貶逐而又升遷的賈誼，

不待相孫弘 ❸。　　　　　　　　不等被貶再徵為相的孫弘。

江闊惟回首 ❹，　　　　　　　　長江寬闊只有回望寄哀思，

天高但撫膺 ❺。　　　　　　　　天高難訴只有撫胸長太息。

去年相送地，　　　　　　　　　去年依依不捨送別你之地，

春雪滿黃陵 ❻。　　　　　　　　紛飛的大雪已灑滿了黃陵。

❶　中興：復興，多指一個政權或一個家族衰落了又興盛起來。

❷　空聞：白白聽到，意謂聽到卻不能成為事實。還賈誼：指賈誼被漢文帝貶謫長
　　沙之後，後來又把他召回京都，任命為梁懷王太傅。此句意謂這種事並沒有出
　　現在劉蕡身上。

❸　孫弘：即公孫弘。漢武帝初即位時，召賢良文學士，他被徵為博士。後來因為
　　出使匈奴，還報不合武帝心意，被免職；後來又被徵為賢良文學士，對策第
　　一，從此扶搖直上，官至丞相，封平津侯。這句說劉蕡沒有等到像公孫弘那樣
　　被貶後又詔回拜他為相，一展抱負，就與世長辭。

❹　江：指長江，劉蕡死於潯陽（今江西省九江市），李商隱當時在長安，潯陽在
　　長江南岸，所以說「江闊」。惟回首：因為道路十分遙遠，又有大江阻隔，自
　　己只能回首悵望，表示內心的哀思。

❺　天高：比喻皇帝離開庶民十分遙遠，聽不到百姓的聲音，當然也聽不到劉蕡所
　　受的冤屈。但：只有。撫膺：拍擊胸膛，表示極端憤怒的動作。

❻　黃陵：見前首《哭劉蕡》注 ❸。

【賞析】

　　詩的開頭十分有力，第一句寫劉蕡遭貶謫不僅是朝廷有人議論，連街
頭都有人議論，可見其言論影響之大；第二句寫他的被貶並非為了別的，

而是為了唐室的中興，本來應該褒揚，現在卻成了罪行，黑白顛倒、是非不分至此，令人痛心。第三、四句引用賈誼、公孫弘由貶而遷，但劉蕡卻無此幸運，始終亦未得到天子的開恩，而客死異鄉，悲何如之！在《贈劉司戶》中，作者還希望劉蕡被貶逐能有賈誼貶而後歸升遷的好運，而現在只剩「空聞」與「何待」，一切都已落空。這兩句用典貼切，遣詞有力，「空聞」、「何待」四個字把內心的失望表露無遺。第五、六句寫自己無法親往靈前哭弔，惟有隔着千山萬水搥胸痛哭。最後兩句是回憶與劉蕡去年在黃陵雪中送別的往事，往事依稀猶在眼前，而人已長逝，這就將當時陰冷淒寒的環境中依戀不捨的感情與當前對故友含冤背屈而逝的沉痛悼念交融在一起，感人至深。屈復在《玉溪生詩意》中說：「結憶往事，字字有淚。」這種先寫今事，以往事作結的「逆換作收」的技巧，運用得相當成功。

寄令狐郎中

【題解】

　　這首詩寫於唐武宗會昌五年（公元 845 年）秋天，當時李商隱因為母喪閒居洛陽（今河南省洛陽市）。服喪期間，精神抑鬱，故友令狐綯來書相問，詩人以詩回答他。

　　令狐郎中，即令狐綯，當時他正任右司郎中，故稱令狐郎中。李商隱與令狐綯關係相當密切，他的父親令狐楚曾提拔過商隱，後來商隱還是靠他的關係，考中進士。商隱服母喪期間，曾馳函問候，可見對詩人相當關心。郎中，即右司郎中。唐朝尚書省（總管全國政務的機構）分左右司，右司郎中為右司之長官，掌管各司的事務。

【譯注】

嵩雲秦樹久離居 ❶，	我在洛陽你在長安長久離居，
雙鯉迢迢一紙書 ❷。	從遙遠地方寄來一封慰問書。
休問梁園舊賓客 ❸，	請不要探問梁園往日的賓客，
茂陵秋雨病相如 ❹。	我如茂陵秋雨中臥病的相如。

❶ 嵩雲秦樹：嵩指嵩山，在河南省登封縣北，詩中指詩人居住地洛陽。秦指陝西省境內一段的太白山，在陝西省郿縣南，詩中指令狐綯所在地京都長安。雲、樹，通過兩地即目所見的自然景物，抒發彼此深切懷念之情。杜甫在《春日憶李白》中用「渭北（渭北，渭水以北，指長安，杜甫所在地）春天樹，江東（江東，長江下游江南地方，李白所在地）日暮雲」表達對遙遠的李白的懷思。句中作者化用杜甫詩句表示對令狐綯的想念。此句意謂兩人離居很久，十分牽掛。

❷ 雙鯉：借代書信。古樂府《飲馬長城窟行》：「客從遠方來，遺（贈）我雙鯉魚（一對鯉魚）。呼兒烹鯉魚，中有尺素書（魚肚內有一尺長在絹帛上寫的信）。」後人因以「雙鯉」代稱書信。迢迢：遙遠。一紙書：一封信。

❸ 梁園：故址在今河南省商丘縣東，即兔園，亦稱梁苑。梁孝王劉武所造。梁園舊賓客，用《史記・司馬相如列傳》中的故事。梁孝王好賓客，司馬相如、枚乘等辭賦家曾被延請居園內，因而著名於世。句中用梁孝王比喻令狐楚，楚曾任河東節度使，掌管頗大地區的軍政大權，職位相當於漢代的諸侯，詩人早年以文才被令狐楚所賞識，也曾長時期在楚的幕府任職，他們的關係相當於司馬相如與梁孝王的關係，故以為比（梁園比喻令狐楚幕府）。

❹ 茂陵：漢武帝陵墓，在今陝西省興平縣東北，這句亦用《史記・司馬相如列傳》的故事：「相如稱病閒居，……既病免，家居茂陵。」作者在會昌二年（公元842年）因母喪而離職，幾年來一直在家賦閒。內心十分煩悶，加之體弱多病，所以自比閒居病免的司馬相如。

【賞析】

　　首句用「嵩雲秦樹」而不用「洛陽長安」之類詞語來借代二人的遙遠的離居，這是因為後者只是兩個地名，引不起任何聯想和想像，而用前者，一個在嵩山，一個在秦嶺，加上其上有雲有樹，能給人以曠遠迷茫的感覺，於是翹首而望，關山遠隔的情景就在這四個字中形象地浮現出來，這裏浮現的是動人的感情形象。

　　二句承首句而來，關山遠隔，互相思念，正值秋雨綿綿、閒居無聊，又是病魔纏身之際。故友從遠方來信誠摯地慰問，自然覺得分外親切，迢迢一紙書，承載千斤重的友情，詩人一定感動得淚濕青衫。

　　令狐綯來信一定問及詩人的近況，所以在寫了收到信的內心感受之後，三、四句就轉而傾訴自己的處境以回答對方的殷勤存問。三句以梁孝王禮遇司馬相如比喻令狐父子對自己的賞識、器重與提攜，感念之情躍然紙上。寫得真實，並無誇張成份，更無阿諛奉承之意。四句創造性地使用典故，《史記‧司馬相如列傳》只寫相如「稱病閒居」，並無「秋雨」情事，詩中在「茂陵」和「病相如」這一事實中間虛構了「秋雨」二字，既可點明寫詩的時間，又能襯托作者落寞的心情，使全詩籠罩在一片灰暗的氣氛中，細細體味，方知此二字在整首詩中有千鈞之重。

瑤池

【題解】

　　唐朝以道教為國教。晚唐幾個皇帝更深信神仙方術，為了追求長生，服食丹藥，以致中毒身亡。唐武宗就是其中的一個，他死於會昌六年（公元 846 年），《瑤池》即針對此現象而發。作者認為長生不老實不可能，追求它乃徒勞之舉。

　　瑤池，古代神話中崑崙山上的池名，仙人西王母居住的地方。據《穆天子傳》記載，周穆王（西周的天子）曾周遊天下，西遊崑崙山時，遇見西王母，西王母在瑤池設宴款待，臨別時，西王母作歌相送曰：「將（希望）子（你）無死，尚能復來。」周穆王也答應她三年後重來。

　　這首詩是以此素材為基礎進行藝術創造的。

【譯注】

瑤池阿母綺窗開 ❶，　　　　　　瑤池中的西王母把綺窗敞開，
黃竹歌聲動地哀 ❷。　　　　　　黃竹歌聲震天動地分外悲哀。
八駿日行三萬里 ❸，　　　　　　八匹駿馬一日能奔馳三萬里，
穆王何事不重來？　　　　　　　周穆王為什麼卻一去不再來？

❶ 阿母：西王母又稱玄都阿母，此處簡稱阿母。綺窗：雕刻綺紋（彩綢的花紋）
　　般的窗。這句說西王母打開窗，等待周穆王重來。

❷ 黃竹歌：《穆天子傳》載，有一次周穆王南遊時，在黃竹這個地方遇到北風
　　降雪，有人凍死，曾作《黃竹歌》三章以哀民。這句說不見穆王重來，只留下
　　震天動地的哀歌。

❸ 八駿：傳說中周穆王乘坐的八匹神馬。三萬里：不是實數，「三」是形容里數
　　之多。

【賞析】

　　此詩透過西王母等待周穆王，而他已死去不能踐約重來，以顯示追求
長生的虛妄。

　　李商隱是運用典故的能手。在此詩中，他利用原有的故事，但又不
被它束縛住，而大膽發揮想像，注入嶄新的內涵。原來故事只說西王母設
宴招待穆天子，二人相約三年後重在瑤池相見，至於有沒有相見，並無下
文。而詩的第一句則寫西王母到了約定的日期敞開綺窗等待穆天子駕臨。
照理，穆天子吃了仙界食品（如蟠桃、仙漿），當然會長生不老，與仙人
約會亦斷無不到之理，然而西王母眺望東天，卻不見穆天子的蹤影，只

聽聞震天動地的《黃竹》哀歌從遠方傳來。《黃竹》歌係穆天子為哀民所作，現在人不來，只聽到哀歌傳來，暗示人已離世。這是第二句詩包含的意思。第三、四句寫西王母久候不見周穆王光臨，不禁面對茫茫長空發出疑問：他騎的八匹神駿，可以「足不踐土」、「乘雲騰霧」、「逐日而行」，一日可行三萬里，從東方來到西天只是彈指之間，可是為什麼卻沒有重來，答案讓讀者去猜想。作者的意思是人一定要死亡，不論什麼仙丹妙藥（不論西王母賜周穆王什麼仙界妙品）均無法阻止有生必有死這一命定的歷程。一切意欲阻止這一歷程的行為都是虛妄而可笑的。

千百年來，追求長生不老者大有人在，不僅限於帝王。因此李商隱這首詩不但在晚唐有諷世作用，即使對後代，仍然具有現實意義。更為難得的是李商隱生活在九世紀，在人們以為死後有可能得道成仙的觀念瀰漫整個社會之際，他的有生必有死的生死觀更是彌足珍貴。

順便提一下，第二句的「黃竹歌聲動地哀」是一句使用誇張修辭手法寫出的句子，把黃竹歌哀聲用「動地」（震撼大地，實際上是震天動地，否則天上的西王母怎麼聽得到）來形容，十分有氣勢。白居易在《長恨歌》寫安祿山起兵叛亂有「漁陽鼙鼓（漁陽戰鼓）動地來」，為李商隱所本，但是他不寫成「黃竹哀聲動地來」，而是創造性地把「哀」置於「動地」之後，將「動地」用以修飾「哀」字，突出「哀」字在句子中的作用，使悲哀的氣氛滲透全詩。一字之差，決定了一句詩或整首詩壽命的長短，說文學家是語言的魔術師，洵非過譽之詞。魯迅在《無題》中化用這句詩為「敢有歌吟動地哀」，表現老百姓苦難之甚，可見其不朽。

為有

【 題解 】

這首詩作於唐武宗會昌六年（公元 841 年）至唐宣宗大中元年（公元 847 年）間。

題目「為有」用詩的首二字，實際上亦是一首無題詩，表面寫的是一個貴婦因夫婿每日要早朝，以致辜負良宵的哀怨，深層則可能蘊涵自己的身世的慨歎。

【譯注】

為有雲屏無限嬌 ❶，	閨房有雲屏襯得她百媚千嬌，
鳳城寒盡怕春宵 ❷。	京城寒冬已過卻怕溫馨春宵。
無端嫁得金龜婿 ❸，	無端端嫁給一個顯貴的丈夫，
辜負香衾事早朝 ❹。	辜負香暖的被衾早早去上朝。

❶ 雲屏：雲母裝飾的屏風。雲母，礦石，透明有光澤。

❷ 鳳城：舊時京都的別稱。據說秦穆公女吹簫，鳳降其城，故號丹鳳城，其後稱
京城為鳳城。

❸ 金龜婿：做高官的夫婿。金龜，唐代官員的一種佩飾。三品以上龜帶用金飾，
四品用銀飾，五品用銅飾。

❹ 衾：被子，特指大被。

【賞析】

這是一首描述貴婦在閨中哀怨的詩，貴婦居住在有雲母裝飾的屏風的
華麗房室中，她生活舒適，丈夫顯貴，又溫馨地生活在一起共度春宵，奇
怪的是她卻怕春宵，為什麼呢？給讀者留下了懸念。這是前兩句。

後兩句詩中作了答覆，打開讀者心中的結。原來是貴婦後悔嫁給做高
官的夫婿，日日都要天未亮就上朝去。

以前的閨怨詩似乎未出現過妻子因為丈夫做了高官而產生怨恨的。王
昌齡的《閨怨》是寫一個少婦在閨樓上見到田間道路上綠色的垂柳，春光
明媚，而自己是孑然一身，空幃獨守，不禁油然發出「悔教夫婿覓封侯」
（後悔讓夫婿遠離自己爭取功名去了）的喟歎。李商隱在此詩中更進一步

指出，即使功名爭取到又如何，嫁得了金龜婿亦並不幸福，惟恐值千金的春宵不能共度，夫婿把自己孤零零地留在香衾裏「聽鼓應官」去了。

在詩中，表現出舊時的中國女性是多麼的不幸，她們的婚姻是不能自主的，嫁給金龜婿亦然。有人說，李商隱的愛情詩常常表現出他對女性「懷着很深的珍惜、尊重甚至於崇拜之情」，「處處為詩中女主人公的角度體味愛情的甜酸苦辣」，真是的論。

無題四首

【題解】

這四首無題詩寫於唐宣宗大中元年（公元 847 年），這時他在祕書省任職。由於李黨失勢，他只好隨李黨的給事中（侍從皇帝左右的官）鄭亞的外調一起去桂林，任掌書記（掌管奏箋），這組詩是作者將遠赴桂林時作的。

這組詩主要是寫失意的愛情生活，但也可能含有作者仕途的坎坷與身世的不幸之感。

前二首是七律，第三首是五律，第四首是七古。

其一

【譯注】

來是空言去絕蹤 ❶，　　　　　約定再來是空話你一去無蹤，
月斜樓上五更鐘。　　　　　　殘月斜照樓上響起五更曉鐘。
夢為遠別啼難喚 ❷，　　　　　因為遠別成夢悲傷泣不成聲，
書被催成墨未濃 ❸。　　　　　書信急切寫成等不及墨磨濃。
蠟照半籠金翡翠 ❹，　　　　　燭光半籠在金翡翠的燈罩下，
麝薰微度繡芙蓉 ❺。　　　　　麝香薰透帷帳上繡的金芙蓉。
劉郎已恨蓬山遠，　　　　　　劉郎已經怨恨蓬山過於遙遠，
更隔蓬山一萬重 ❻。　　　　　你我相隔更遠過蓬山一萬重。

❶ 空言：空話，指女方沒有實踐再來的諾言。去絕蹤：一去杳無影蹤，音訊全無。

❷ 啼難喚：哭得喊不出聲來，也可解釋為夢中哭着呼喚心上人，但不論怎麼呼喚都呼喚不回來。

❸ 書被催成：醒來之後，因思念太急切，很快就把信寫成。

❹ 金翡翠：畫有金翡翠鳥的燭臺上的羅罩籠，睡眠時用來遮暗燭光。

❺ 麝薰：把麝香放在香爐中燃燒用以熏衣物，此處指麝香薰的芬芳氣味。繡芙蓉：繡有芙蓉（荷花）圖案的帷帳。

❻ 劉郎：指漢武帝劉徹，他曾派人去東海蓬萊山求仙，但未訪到，所以說蓬山遠。蓬山：即蓬萊山，與方丈、瀛州合稱為三神山，相傳在渤海中。

【賞析】

　　此詩抒發了對關山遠隔，一去不還的戀人的日夜懷念之情。主述者怨恨她分別的時候，曾答應回來相聚，但卻失約了，而且杳無音信，極度的思念使之徹夜不眠。殘月斜照，曉鐘響起，一片淒清。其後六句寫自己經常積思成夢，在夢中呼喚着對方的名字，可見思念之甚，但均徒勞，醒來之後，以急切的心情，未等把墨磨濃已經把信寫好，此時望着二人共同生活時的屋內的陳設，那金翡翠燈籠和繡芙蓉帷帳，真有「其室則邇（近），其人甚遠」的慨歎，益發覺得戀人遙遠得難以企及。比漢武帝嚮往的只是在虛無縹緲間的神山，還要遙遙萬倍。

　　詩中夢境與現實交錯進行，有時難以分清哪句是寫景，哪句是寫現實。例如你可以說第二句是寫主述者在夢中被五更曉鐘驚醒，醒後只見月光斜照樓上，回憶夢中相聚的甜蜜情景，思念益甚，不禁對意中人的爽約而且音信全無埋怨起來：「來是空言去絕蹤」。

　　三、四句寫夢中的精神活動與醒後的具體行動，可見主述者無時無刻不在思念着對方，動作是連續不間斷的，連貫而下，顯示出技巧的純熟。五、六句觸景生情，寫現在回憶過去，相互交融。

　　最後兩句借用劉徹的故事，抒發了絕望的情緒，因為人們只有在人間的希望滅絕時才會寄存於幻想世界。

其二

【譯注】

颯颯東風細雨来，   颯颯的東風夾着細雨飄來，
芙蓉塘外有輕雷❶。   荷花池塘外有隱隱的輕雷。
金蟾囓鎖燒香入❷，   蝦蟆形門鎖香煙仍能透入，
玉虎牽絲汲井迴❸。   玉虎飾的轆轤將井水汲回。
賈氏窺簾韓掾少❹，   賈氏簾後偷窺喜韓壽俊少，
宓妃留枕魏王才❺。   甄妃留贈玉枕愛曹植華才。
春心莫共花爭發❻，   春心切勿與鮮花爭放競發，
一寸相思一寸灰。   寸寸的相思化成寸寸塵灰。

❶ 芙蓉塘：荷塘。芙蓉，荷花的別稱。

❷ 金蟾囓鎖：銅蝦蟆咬於其上的門鎖。囓，咬。燒香入：燒香的煙仍可透入。

❸ 玉虎：用玉石裝飾的虎形轆轤。轆轤，利用輪軸原理製成的一種起重工具，通常安裝在井上汲水。牽絲：拉動井繩。汲井：從井裏往上打水。迴：旋轉（指轆轤）。

❹ 賈氏窺簾：用晉賈充女兒偷窺韓壽的故事。韓壽貌美，高官賈充徵召他為掾（屬官）。有一次，賈充的女兒在簾後偷看，心懷悅慕，遂透過婢女與韓壽私通，最後把女兒許配予壽。韓掾：韓壽。少：年少英俊。

❺ 宓妃：傳說中伏羲氏的女兒，她溺死在洛水（今河南省洛河），成為洛神。此句中借指三國時曹丕的皇后甄氏。相傳當初丕弟植曾經求娶甄氏，但曹操讓她嫁給曹丕，曹植內心不平，晝思夜想。後甄氏被郭后害死，植入朝，丕將甄氏遺物金縷玉帶枕送他，睹物思人，情何能已。離京時途經洛水，甄后入夢與植

相會。說此枕乃是陪嫁之物，現在留贈給他。魏王：曹植。才：才華。

❻ 春心：少女求愛的心情。

【賞析】

第一首是叙寫男主角對遠去天涯音信杳然的女子的日夜懷思；此首主角倒轉過來，變成那位被指責為爽約的女子，原來她的爽約是有不得已的苦衷，她被深鎖香閨之內，亦在思念對方。

首兩句寫女子深鎖在深閨之中，由於不能踐約煩悶不安，眼望窗外，春色撩人：東風夾着細雨飄過，遍佈荷花的池塘上春雷殷殷，這是閨房周圍的環境，瀰漫着迷濛而淒然的美。

三、四句將筆頭轉移到女子內心活動的描述，而此心理活動是透過兩個意象來展示：表層意思是金蟾把門重重鎖住，但不能阻止燃燒着的芬芳的煙霧透入；井雖然很深，卻可靠玉虎飾的轆轤上的井繩將水汲取上來，清代詩人朱彝尊說「鎖雖固，香能透之；井雖深，絲能及之」，正是此意。

關於三、四句的象徵意義，錢鍾書透過古今中外眾多詩人的作品與之比較，作了十分透闢的闡釋，為使讀者更好理解此詩，舉其中幾個為例：趙令畤：「重門不鎖相思夢，隨意繞天涯。」馮夢龍：「郎有心，姐有心。……囉怕人多屋深。人多哪有千隻眼，屋多哪有千重門。」古希臘詩人：「誘惑美人，如煙之透窗入戶。」莎士比亞：「美人雖遭禁錮，愛情終能開鎖。」把它與「金蟾」、「玉虎」互相映發，可以看出那是象徵愛情力量的巨大，又豈是人力所能阻止。再牢固的鎖也無法擋住煙霧的透入，再深的井亦莫能攔阻井繩的汲水，應該注意其中的「香」、「絲」二字乃「相思」的諧音，使詩句的內涵更形豐富，表現手法更為多元。

五、六句用兩個典故表現女子對愛的大膽與強烈，她敢從簾縫偷窺情郎，死後仍將遺物託夢贈與戀人，可見她視舊禮教為無物。

　　末兩句是金句，說當初賈女、宓妃般熱烈的愛情已經消逝，只剩下痛苦的回憶，因此今後此心勿與春花爭放。因為多一寸相思，則多一寸失望，愛情之火，經常被現實中的無情風雨所撲滅，變成灰燼。

　　有人將末兩句中的「花」箋釋為「燭花」，即蠟燭的火焰，意謂在愛情為外力所阻，陷於絕望之時，女主角覺悟到愛深失望更甚，所以應該克制自己（亦提醒對方），不要讓愛情之火跟燭花爭燃，蓋因每一情思光焰的閃耀，都會留下一段灰燼。

　　這首詩除首兩句外，其餘六句均用比喻，而且比喻得十分貼切，構思新穎，意象鮮活，使抽象的情思變成可觸摸之物。

其三

【譯注】

含情春畹晚 ❶，	含情脈脈於暮春的傍晚，
暫見夜闌干 ❷。	短暫相見已是更殘夜半。
樓響將登怯 ❸，	想登樓相就又怕樓梯響，
簾烘欲過難 ❹。	簾內燈火輝煌去又犯難。
多羞釵上燕 ❺，	羞對頭釵上于飛的雙燕，
真愧鏡中鸞 ❻。	愧向明鏡中孤獨的鳳鸞。
歸去橫塘晚 ❼，	離開堤塘時天色已很晚，
華星送寶鞍。	明亮星光送我騎馬歸還。

❶ 晼晚：太陽將落山的光景。

❷ 闌干：（星斗）橫斜，說明夜已深沉。

❸ 將登怯：想要登上（樓）又膽怯。

❹ 簾烘：以窗簾光亮寫室內通明。烘，明亮。

❺ 釵上燕：據說漢武帝建招靈閣時，有神女在閣上留下一玉釵，武帝把它賜給趙婕妤（女官名）。昭帝時宮人欲譏此釵，打開匣子見到一隻白燕衝天飛去，宮人因而稱玉燕釵。作者用此故事中的「燕」比喻夫婦，蓋因燕子多雙棲，詩人稱之為「燕侶」。

❻ 鏡中鸞：西漢時，西域罽賓王獲得彩色鸞鳥，三年不鳴，夫人嘗聞鳥見到同類而後鳴叫，王於是懸鏡使鸞鳥自照，鳥睹鏡中身影悲鳴，哀響中宵。

❼ 橫塘：古堤塘名，這裏泛指一般的堤塘。

【賞析】

　　這首詩寫一對戀人在驚惶之中短暫相見尚未親熱夠又匆匆別離的痛苦。

　　首兩句寫暮春時分，情人脈脈含情與他相見，三、四句寫由於相見是偷偷的，所以既怕樓梯響，又怕燈火輝煌，怕被人發現，把主人公急欲相見，又怕被人撞見的心態寫得活靈活現。五、六句寫主人公對情人迄今仍然過着孤獨的生活，不能與自己長相廝守感到慚愧，末兩句寫在暗夜中離去的惆悵，歸途中只有星光陪伴。

　　五、六句有人解釋為是寫男女親熱時女方嬌羞的神態，不直接寫，而是說連釵頭的燕子都覺得害羞，銅鏡上面的鸞鳥看了都有愧色。

其四

【譯注】

何處哀箏隨急管 ❶？	何處傳來哀怨箏聲伴隨管音驟急？
櫻花永巷垂楊岸 ❷。	在長巷盛開櫻花河岸垂楊飄拂時。
東家老女嫁不售 ❸，	東鄰人家的女子老了都嫁不出去，
白日當天三月半。	暮春三月當空普照着豔麗的白日。
溧陽公主年十四 ❹，	溧陽公主她的年紀剛剛好是十四，
清明暖後同牆看。	清明天暖與家人齊在牆頭賞景致。
歸來輾轉到五更 ❺，	遊春歸來到五更時分仍翻來覆去，
梁間燕子聞長歎。	只有樑間的燕子聽到她不斷歎息。

❶ 哀箏：高亢清亮的箏（古代弦樂器）聲。管：古代竹製的吹奏樂器，如笙、
　 簫、笛等。

❷ 永巷：長巷，古代宮中幽禁有罪宮女的地方。永，長。這裏借用寫女主人公居
　 處的孤寂。

❸ 東家老女：宋玉《登徒子好色賦》：「臣里之美者，莫若臣東家之子（指女
　 子）。」說明東家老女姿容豔麗。

❹ 溧陽公主：南朝梁簡文帝的女兒，嫁權臣侯景，這裏借指貴族家女子。

❺ 輾轉：翻來覆去不能入眠。五更：接近天光。

【賞析】

這首詩寫社會地位不同的兩類女性相反的命運，在櫻花盛開楊柳輕拂的暮春三月，貴族女子與丈夫春遊，觀賞美景，幸福無比。而貧家女子卻因無人作媒，老了還嫁不出去，只有孤獨自傷，輾轉反側，夜不能寐。無人同情，只有樑燕聽到其深夜發出的長歎。

詩歌使用對比手法，一是用暮春繁華反襯東家老處女內心的淒涼，一是用貴家女子的歡樂反襯老處女的不幸。

詩中「嫁不售」的東家老處女可能是作者自況，抒發了自己仕途上的困頓與失意，詩作於唐宣宗大中元年（公元 847 年），由於黨爭，李黨失勢，他又要從京城外調桂林，詩中老女灰黯的心緒正是他此時心緒的寫照。

本首採用七古體，風格與詩人用律體（主要是七律）寫的惝恍迷離、沉博絕麗的無題詩有明顯的差異。其中寄託的意思相當明白，語言亦淺顯易懂。

晚晴

【題解】

　　這首詩寫於唐宣宗大中元年（公元 847 年）初夏，當時詩人在桂州（治所臨桂，即今桂林市）刺史鄭亞幕府任書記。李商隱自從唐文宗開成三年（公元 838 年）與涇原節度使王茂元（屬李德裕黨）的女兒結婚之後，一直陷入牛（僧孺）李黨爭的漩渦中，遭到牛黨的忌恨與排擠。宣宗繼位，牛黨得勢，李黨紛紛外放，他只好跟隨鄭亞赴桂林幕府。

　　在長安的時候，詩人精神備受壓抑，來到山水甲天下的桂林，美麗而充滿生氣的初夏大自然景色，消減了詩人內心的陰翳與沉重的負擔。他頓時感到身子像飛鳥般輕快，最後兩句正是此種心情的形象寫照。

　　晚晴，傍晚的晴天。

【譯注】

深居俯夾城 ❶，   幽深的居所俯視着甕城，
春去夏猶清 ❷。   春去夏來天氣依然和清。
天意憐幽草 ❸，   上蒼憐愛幽僻處的芳草，
人間重晚晴。   人間珍視那傍晚的天晴。
併添高閣迥 ❹，   高閣上遠眺視野更開闊，
微注小窗明 ❺。   夕照映射窗內光線通明。
越鳥巢乾後 ❻，   越鳥的巢兒已經乾爽了，
歸飛體更輕。   飛回的體態是多麼輕盈。

❶ 夾城：即甕城。大城門外半圓形的小城，用以增強城池的防禦力量。

❷ 猶清：仍然清爽溫暖。即言夏日來臨天氣卻並不熱，十分舒適。

❸ 天意：上天的旨意。憐：愛。幽草：生在隱蔽地方的青草。

❹ 併添：更加。

❺ 注：映射。夕陽光微弱，所以說「微注」。

❻ 越鳥：越地的鳥。越，通粵，指廣東、廣西一帶。

【賞析】

    這首詩描繪了初夏生機盎然的大自然景色，抒發了詩人輕鬆愉快的心情。

    詩的首兩句寫詩人觀景的地點及季節：地點是在寓所的樓上，季節是清和的初夏。在傍晚晴日的萬千景物中，詩人特別關心幽僻之處的小草的受上蒼的眷顧，乃是他在此時此地情感的投射。由於政治鬥爭，他不得不

來到廣西的僻遠地帶，實在是不幸之至，但是看到沐浴在晚照中欣欣向榮的小草，他受到鼓舞，相信天意必憐芳草，日後自己才能當有發揮之日。他又看到清新如洗的晚晴，雖然來得遲些，但都應該珍惜。由此可以看出詩人對未來的樂觀態度，把它與《樂遊原》的「夕陽無限好，只是近黃昏」中表現的惆悵情緒對照，可以看出不同的人生階段迥異的心態，而這兩種心態在李商隱的四句詩中得到典型的表現，因而都成為千古名句。

由於詩人心情開朗，所以五、六句的景色亦塗抹上明朗的色澤，連微弱的夕照射入小窗都覺光明敞亮。最後兩句，詩人甚至覺得鳥兒飛翔的翅膀都是那麼快捷輕盈。這鳥兒的飛翔已經染上詩人的主觀色彩，分不清是鳥兒在飛翔還是詩人自己在飛翔了。

夢澤

【題解】

　　唐宣宗大中元年（公元 847 年），李商隱在桂州刺史鄭亞的幕府任職。次年，鄭亞被貶到循州（治所在今廣東省惠陽縣東北），商隱失職，由桂林北歸長安，路過湖南、湖北的雲夢澤，想起曾經在這一帶活動過的君主楚靈王的荒淫無道，宮女的慘遭蹂躪，撰寫了這首血淚斑斑的詩篇。

　　夢澤，雲夢澤的簡稱。據古書記載，雲夢澤闊數千里，在湖南湖北交界的一帶地方，後大部分乾涸成為陸地，只剩下零星的湖泊，如洞庭湖、洪湖等。今人考證說雲夢澤一般都泛指春秋戰國時期楚王的遊獵區，區域橫跨大江南北。

【譯注】

夢澤悲風動白茅 ❶，　　　　茫茫夢澤中悲風吹動白茅，
楚王葬盡滿城嬌 ❷。　　　　楚王把滿城美女都埋葬了。
未知歌舞能多少 ❸？　　　　不知多少人有機會去歌舞？
虛減宮廚為細腰 ❹。　　　　宮廚節減膳食乃是為細腰。

❶ 白茅：沼澤地帶生長的一種茅草。據歷史記載，楚國每年都要向周天子進貢這
　　種「菁茅」，可見是該國盛產的植物。

❷ 楚王：指春秋時楚靈王（公元前 540 至前 529 年在位）。葬盡滿城嬌：據說
　　「楚靈王好細腰，而國中多餓人」（《韓非子·二柄》），「楚王好細腰，宮中多
　　餓死」（《後漢書·馬援傳》），因為楚靈王喜歡女子細腰，為了保持身材苗條，
　　於是她們少吃飯，餓肚子。宮女為了得到他的寵幸，甚至餓死了。

❸ 歌舞能多少：多少人有機會在楚靈王面前獻歌舞？這是反問句，即很少之意。

❹ 虛減：減少。宮廚：宮中的廚房。為細腰：為了使腰圍變細。

【賞析】

　　這首詩是環繞「楚靈王好細腰，而國中多餓人」以及「楚王好細腰，
宮中多餓死」的典故而寫的。

　　詩人路過雲夢澤，看到一片迷茫的湖澤中白茅在蕭瑟的寒風中顫抖，
寒風對白茅的摧殘，使詩人聯想到楚王好細腰的故事，多少美麗的女子為
了得到楚王的寵愛想方設法使自己有纖纖細腰，甚至餓死亦在所不惜。詩
人不說女子自願，而用「楚王葬盡」，把責任推給楚王，說他是「滿城嬌」
餓死的禍首。末兩句詩人對宮女的盲目自毀表示同情，他用懷疑的語氣向

這些宮女說，你們這樣自毀，能得到多少在君王面前輕歌曼舞顯示自己的纖腰的機會？能蒙獲君王寵幸的機會又有幾多？

李商隱寫的是舉國上下（從宮廷到民間）的女子身受其害而不自知的追求「細腰」的風氣，但人們從中可以聯繫到社會上的許多人，他們自以為是在追求美好的東西，實際上是在自戕、自掘墳墓，清屈復說：「制藝取士，何以異此」，舊社會的讀書人，熱衷於科舉考試，結果使他們變為利慾薰心的庸人，如《儒林外史》中的范進；或者是成了毫無營生能力的書呆子，如《孔乙己》中的孔乙己。

這種「異化」現象不但古代有，當前亦復不少：為美容而毀容，為減肥而毀壞自身。所以說只有對社會具有極深刻認識的作家，才有這種典型化的能力。

賈生

【題解】

　　這是一首詠史詩，詩人借漢代賈誼懷才不遇的史實抒發自己的情懷，有些研究者把它的寫作日期訂為唐宣宗大中二年（公元 848 年），不過欠缺有力的證據。

　　賈生，即賈誼（公元前 200 至前 168 年），西漢政治家、文學家。時人稱賈生（生是漢時先生的簡稱，有尊崇之意）。他年少就富才華，為漢文帝所重用，在朝廷任博士（皇帝的顧問和主管圖籍的官），那時「二十餘最為少」（朝廷中最年少的），因為才能出眾，為其他臣子所不及，所以一年之內，即被擢拔為太中大夫，參與朝廷的重大策和法令的修改，但卻遭到周勃、灌嬰等權臣的忌恨和排擠，被貶謫為長沙王太傅。幾年之後，又受到皇帝的徵召，回到長安，詩中就是以此為題材而寫下的。

【譯注】

宣室求賢訪逐臣 ❶，	皇帝求賢在宣室接見逐臣，
賈生才調更無倫 ❷。	賈誼的才能堪稱舉世無倫。
可憐夜半虛前席 ❸，	可惜親切地談到深更半夜，
不問蒼生問鬼神 ❹。	不問民生大計而只問鬼神。

❶ 宣室：漢朝未央宮前殿的正室。求賢：尋求有才能的人。逐臣：被放逐的臣子，指賈誼。此句說漢文帝為了求得賢人而徵召賈誼，在宣室接見他。

❷ 才調：才能。無倫：無與倫比。

❸ 可憐：可惜。虛：空自、白白地。前席：古人席地而坐，雙膝跪下，臀部放在腳跟上，前席是說移坐向前。《史記‧屈（屈原）賈（賈誼）列傳》載，文帝召見賈誼時，剛剛舉行過祭祀，接受過神的福祐，因此見到賈誼，向他詢問鬼神的本源。賈誼講得頭頭是道，文帝聽得入了神，到了半夜，文帝不知不覺地移膝坐向前，靠近賈誼。

❹ 蒼生：古代指老百姓，這裏指與百姓生活有關的大事。兩句是說文帝與賈誼一直談到半夜，都白談了，召見所談的都是與民生毫無關係的鬼神本源的問題。

【賞析】

　　中國古代詩歌中，賈誼貶謫長沙是被炒了又炒的題材，似乎很難再另闢蹊徑，但是李商隱在這首詩中突破了，使人耳目一新。作者以漢文帝為求賢而徵召他回朝，在宣室與他對談這一情節作為素材抒發感慨。

　　首句寫文帝求賢的誠意，不只是「求」，還去「訪」，而且訪的是「逐臣」，可見其求賢若渴的心情，這是讚皇帝為廣攬人才，不辭辛勞。第二

句極言賈誼的才能，在「無倫」上加上「更」字，說明文帝器重他是有道理的。這兩句都是正面的禮讚。

第三句在章法上承接上句並來一個大逆轉，「夜半前席」把漢文帝當時專注傾聽賈誼的說話，以至於兩膝不知不覺地前移的神態寫得十分生動，顯示出作者善於捕捉典型細節的能力，這句正面極力描繪文帝凝神傾聽的神情，實際上亦側面反映出賈誼言語的力量和吸引力，給「才調更無倫」作了注解。句中的「可憐」與「虛」二詞實際上是否定了夜半移席的正面部分，並給讀者留下了「懸念」，為什麼會「可憐」，為什麼又會「虛」，最後一句才給人解答，這是全文的主旨所在。「不問蒼生問鬼神」的出現把前三句詩的尋求賢能、謙虛諮詢逐臣，讚頌賈誼的超群絕倫的才華，甚至文帝的「夜半前席」統統推翻了，言外之意是皇帝不向賈誼詢問治國利民大計，而是去詢問與民生無涉的鬼神的本源。聯繫晚唐許多皇帝毫不關心民生、不任用賢能，大都沉溺於佛道，服藥求仙以圖長生，可以看出此詩的諷刺用意，其中寓有作者空懷「欲迴天地」的抱負而生不逢時的慨歎。

流鶯

【題解】

　　這首詩可能是唐宣宗大中三年（公元 849 年）春在長安時寫的。

　　大中元年（公元 847 年），由於李商隱從屬的李黨失勢，李黨的給事中（是掌管國家機要，負責審查詔令等的門下省的要職）鄭亞外放，出為桂州（在今廣西，治所為今桂林市）刺史（州的行政長官），商隱隨往為幕僚，從此開始了他遠離家園，與妻兒分別的生涯。在桂州約一年期間，他過着毫無歡樂的幕僚生活，大中二年（公元 848 年），鄭亞又被貶，商隱遂於秋天北歸，冬天抵達長安，選為盩厔（今陝西省周至縣）尉掌管治安等工作，大中三年，他又回到長安，在京兆尹（掌管京師的官）手下做個助理，協助長官起草奏章。可見他是過着極不安定的遊宦生活，這在本詩中有所映現。

流鶯，行蹤不定，無所依託的黃鶯。黃鶯，屬鳴禽類，色黃而美，翼尾皆長，鳴聲悅耳，也叫黃鸝。

【譯注】

流鶯漂蕩復參差 ❶，	流鶯四處漂蕩飛東又飛西，
度陌臨流不自持 ❷。	度阡陌臨河流實難以自持。
巧囀豈能無本意 ❸，	婉轉鳴啼怎麼可能無隱衷，
良辰未必有佳期 ❹。	美好日子未必會遇上佳期。
風朝露夜陰晴裏，	她在颳風降露陰天晴日裏，
萬戶千門開閉時 ❺。	千門萬戶開閉時均唱不止。
曾苦傷春不忍聽 ❻，	我曾苦於傷春哀音不忍聽，
鳳城何處有花枝 ❼？	京城何處有花枝可供棲息？

❶ 漂蕩：漂泊，職業生活不固定，四處奔走。參差：不齊的樣子，形容流鶯忽高忽低、忽東忽西亂飛。

❷ 度陌臨流：飛度過阡陌（田間小道）臨近水邊。不自持：不能控制自己飛的方向。即不能掌握自己的命運。

❸ 巧囀：婉轉悅耳的鳴叫。本意：原本的用意，即希望自己才能有被重用的機會。

❹ 良辰：美好的日子。佳期：本來是指結婚或男女幽會的日期。這裏是指被重用施展抱負（即賢才與明主遇合）的日期。

❺ 萬戶千門：應為千門萬戶，因為協律才顛倒來寫，形容許許多多人家。這兩句是說不論是颳風的清晨、滴露的夜晚、陰天晴天的日子裏，也不論是千門萬戶打開或關閉之時，流鶯都不停地歌唱。

❻ 傷春：因為春天而傷感，主要是指暮春群芳凋謝令人感到人生的無常。

❼ 鳳城：舊時京都的別稱，謂帝王居住之城。據說秦穆公女吹簫，有鳳凰降在城上，因號丹鳳城，以後遂稱京城為鳳城。

【賞析】

本詩使用暗喻手法，透過流鶯寫自己。詩中的流鶯的命運就是詩人的命運，這種託物寄懷的寫法在李商隱作品中經常出現，最有名的如《蟬》，此首亦是其中的代表作。

首兩句寫流鶯不斷地漂蕩，飛過陸地，越過河流，這流蕩不是自願，而是被逼的。「不自持」寫出這點，說明自己的命運完全掌握在他人手中。一個人的命運要讓人去擺佈，這是多麼悲慘的事。結合「題解」，可以看到詩人的流蕩確是受別人操縱的。三、四句作者從流鶯的「巧囀」的本意不被人理解，以至良辰未必有佳期，寫自己一生總是在期遇不合無所作為中度過。五、六句寫鶯不論在什麼天氣裏，也不論在何種時分，都要不停地鳴囀，以喻詩人對理想與抱負的堅持。末兩句說自己曾經為傷春所折磨，已經創痕纍纍，不忍卒聽流鶯的哀囀，因為它只有使自己傷痛更甚，尤其是在當前自己連棲息之所都沒有的時候。

此詩的前六句直接寫鶯，把自己的身世之感暗寓其中，最後兩句把自己與鳥結合起來具體寫出，於是鶯中有我，我中有鶯，很難分清何者為我，何者為鶯了。特別是末句，只有鶯才會關心有無花枝的問題，可實際上又寫的是人 —— 京城有無他容身（供職、發展）之所，詩句的意蘊亦正在此處表現出來。

謁山

【題解】

這首詩題可能有缺漏。從內容看，題目可設想為《謁山神廟》。

謁，請見，進見，一般用作幼對長、下對上的謙詞，此處是人對神的謙詞。

有研究者把這首詩的寫作時間編入唐宣宗大中三年（公元849年），但不論從題目與內容看，都找不到可資繫年的依據，姑且存疑，

詩的主旨為時光流逝，無法挽留，追求長生不老是徒勞的。

【譯注】

從來繫日乏長繩 ❶，	從來沒有長繩能繫住太陽，
水去雲回恨不勝 ❷。	水流去雲飄蕩怨恨難承當。
欲就麻姑買滄海 ❸，	意欲向仙女麻姑買下滄海，
一杯春露冷如冰 ❹。	飲下一杯春露寒冷如冰霜。

❶ 繫日乏長繩：用西晉詩人傅玄《九曲歌》的詩句：「安得（怎樣才能得到）長繩繫白日？」此處將問句改為直述句。

❷ 不勝：不能夠承擔或承受。

❸ 麻姑：古代神話中的仙女。年十八九，自言曾見東海三次變為桑田（種植桑樹的田，泛指田地），蓬萊（古代傳說中的神山）之水也淺於舊時。後世遂以「滄海桑田」比喻世事變化極快極大。滄海：大海，因為海水呈青綠色（滄，即青綠色），故稱。這句是說想向麻姑買下滄海，使之永遠不變成桑田。

❹ 春露：用漢武帝作承露盤的故事。漢武帝好神仙，在宮中作承露盤，高二十丈，大七圍，以銅為之，上有仙人掌承甘露，以為服食可以長生不老。這句是說一杯甘露喝下去只不過覺得冷若冰霜，並無助於長生不老。

【賞析】

　　這首詩首句以肯定的語氣寫出沒有一種長繩有力量可以把太陽留住，使其停止運轉的腳步。這是對傅玄的「安得長繩繫白日」的癡心妄想的否定。次句寫出對時光如水似雲永不回頭的流逝與飄去、生命短促令人無法捕捉的悵恨。詩人異想天開，是不是向麻姑把滄海買下來便可使時間永駐，顯然那也是不可能的；那麼像漢武帝飲承露盤上的甘露又如何，事實

上漢武帝已經變成塵土，喝下甘露不過有冷如冰的感覺而已，什麼作用也沒有。

詩的主旨是韶光易逝、生命短促，人在它面前是無能為力的，但全詩沒有一個字直接寫出這點，而只是把感情投射到意象上，讓意象浸濡這種情思，鮮活地呈現於讀者面前。

贈司勳杜十三員外

【題解】

　　司勳杜十三員外，即杜牧，與李商隱齊名的晚唐詩人，人稱「小李杜」（「李杜」為李白杜甫）。杜牧（公元 803 至約 852 年），字牧之，京兆萬年（今陝西省長安縣）人，曾任司勳員外郎（是吏部的屬官，吏部掌管全國官吏的任免、考核、調動等事務）。他排行十三（以同一曾祖所出的兄弟姐妹行第排列），所以詩中稱為司勳杜十三員外。

　　本篇末句作者自注云：「時杜奉詔撰韋碑。」《資治通鑒》載，宣宗詔杜牧撰故江西觀察使韋丹遺愛碑於大中三年（公元 849 年），可知此詩作於這時，當時杜牧任司勳員外郎兼史館修撰，李商隱也在京兆府（治所在長安，今西安市）代理法曹參軍（掌管司法的官），因有此作。

　　這首詩主要是表現杜牧超群的文才武略，其中蘊涵他對知友的才能無法施展的同情與惋惜。

【譯注】

杜牧司勳字牧之，	杜牧司勳員外郎他字牧之，
清秋一首杜秋詩❶。	一首《杜秋娘》詩秋日般明麗。
前身應是梁江總，	他的前身應是梁朝的江總，
名總還曾字總持❷。	江總也以總為名總持為字。
心鐵已從干鏌利❸，	心堅如鐵干將鏌邪般鋒利，
鬢絲休歎雪霜垂❹。	不必哀歎鬢髮雪霜般下垂。
漢江總弔西江水，	杜預弔羊祜你弔江西韋丹，
羊祜韋丹盡有碑❺。	羊祜韋丹的碑將永留芳菲。

❶ 杜秋詩：指杜牧的名作《杜秋娘》詩，杜秋娘是金陵（今南京市）女子，姓杜，名秋。原是節度使李錡的侍妾，善唱《金縷衣》曲。李錡叛亂被誅，杜秋娘籍沒入宮，為唐憲宗所寵愛，唐穆宗即位，為皇子保姆。皇子被廢除，秋娘放歸故鄉，窮老無所依。杜牧在詩中通過對杜秋娘不幸命運的叙述，表達了天意難測、人事無常的意旨，其中寄託有杜牧自己不得意身世的慨歎。內容十分感人，是一篇精心的佳構，所以用它來代表杜牧的所有作品，說他的作品具有《杜秋娘》詩清新明麗的風格。

❷ 江總（公元 519 至 594 年），南朝文學家，字總持，濟陽考城（今河南省蘭考縣東）人，仕梁、陳、隋三朝，仕梁曾為尚書殿中郎。是著名的豔體詩詩人。這兩句是說江總名總字總持，與杜牧名牧字牧之相似，可見杜牧的前身是江總。

❸ 心鐵：比喻胸中的甲兵。干鏌：指干將與莫邪二劍。鏌，同莫。《吳越春秋·闔閭內傳》：「干將者，吳人也；莫邪，干將之妻也。干將作劍，而金鐵之精不消，於是干將之妻乃斷髮剪爪投於爐中，金鐵乃濡，遂以成劍，陽曰干將，陰曰莫邪。」此句是說杜牧非常堅強，胸中有甲兵，鋒利有如名劍干將、莫邪，

這句作者極讚杜牧的雄才偉抱。史載唐文宗大和年間，杜牧有感於晚唐內憂外患的局勢，曾作《罪言》，極力主張討平藩鎮。唐武宗會昌年間，在討回紇、平劉稹的戰爭中，又上書獻策為李德裕所採納，果然成功。

❹ 雪霜垂：鬢絲像雪霜垂肩，說明衰老。這句緊接上句說杜牧的才能已經被當權者器重，得以施展，現在也就不必因衰老而歎息。因為杜牧常自負有經邦濟世之才，但不被重用，所以不免流露出懷才不遇之歎。如《題禪院》：「今日鬢絲禪榻畔，茶煙輕颺落花風」、《群齋獨酌》：「前年鬢生雪，今年鬚帶霜」。

❺ 漢江：用晉名將、襄陽太守杜預憑弔羊祜碑之事。羊祜亦是西晉名將，他曾任荊州（今湖北省江陵縣一帶）都督（一州的軍政長官），有政績，甚得民心。百姓為了紀念他，在峴山（在今湖北省襄陽縣南）建碑，立廟其上，望其碑者莫不流淚，杜預名之曰「墮淚碑」。杜預曾任襄陽太守，襄陽在漢江之南，故稱。西江：即江西，指韋丹，當時的一位清官。有人在皇帝面前誇獎他在江西道任觀察使（一道的軍政長官）時功德被於八州，去世四十年，老幼仍歌頌懷思，彷彿他仍生存。所以皇帝詔當時的史館修撰杜牧為丹撰碑以記之。此兩句以杜預與杜牧相比，說杜牧為韋丹撰碑和杜預憑弔羊祜名碑一樣，其事跡將流傳萬世。另外還透過皇帝讓他撰碑一事表現其文才的超群。

【賞析】

這首詩寥寥幾筆就把杜牧的雄才偉略充分展現。自古文人相輕，而李商隱卻能對與自己同時同名的詩人作如此崇高的評價，而且是真情的流露，惺惺相惜，顯示出他的坦誠大度，實在難能可貴。

這首詩的寫作手法很有特色。首句、次句及第四句分別連用兩個「牧」字、「秋」字、「總」字，都十分巧妙，可見作者極費心思，但不給

人牽強的感覺，而是相當自然流利。看起來好像是文字遊戲，實際上是恰切地表現兩人的友誼已達到不拘禮節的地步，耐人尋味。

　　本詩比擬手法亦達爐火純青的地步。正如姚培謙所說，前借杜秋詩而以江總比之，後因詔撰韋碑而以杜預比之；前者從名字比擬，後者從姓氏比擬，詩格奇絕。

杜司勳

【題解】

此首與前首《贈司勳杜十三員外》寫於同時，詩中給杜牧所寫的傷春惜別的詩以極高的評價。由此可見作者對杜牧其人及詩作的深刻理解。

【譯注】

高樓風雨感斯文 ❶，　　　　　　高樓風雨如晦為杜詩感奮，
短翼差池不及群 ❷。　　　　　　羽翼短又不齊趕不上同群。
刻意傷春復傷別 ❸，　　　　　　嘔心瀝血寫傷春惜別之作，
人間惟有杜司勳。　　　　　　　世間只有他杜司勳一個人。

❶ 風雨：用《詩經・鄭風・風雨》中的「風雨如晦，雞鳴不已」（風吹雨打不停，天昏暗有如黑夜，司晨的雞啼叫不止），比喻世局昏暗不安定。感斯文：在這風雨飄搖的時局裏讀杜牧的詩文，感觸良多。斯文，（杜牧的）這些詩文。

❷ 短翼差池：用《詩經・邶風・燕燕》：「燕燕于飛，差池其羽」（雙燕相偕而飛，牠們的羽翼參差不齊），意謂不但翼短而且參差不齊，比喻力量微薄，政治上不能展翅高飛。象徵杜牧的仕途坎坷，不被朝廷重用。

❸ 刻意：費盡心思（為了把事情做得更好。這裏指嚴肅認真的寫作態度）。傷春復傷別：哀傷春天消逝又怨恨生離死別。

【賞析】

這首絕句表現了作者對杜牧的身世的同情及對其詩作的讚揚。

先寫杜牧作品在風雨飄搖的時代裏具有的意義，它特別引起李商隱的共鳴。再寫政局昏暗，杜牧極力爭取實現自己的抱負，但卻顯得力量微弱，無力奮飛，令人扼腕。最後指出杜牧雖然在政治上未獲成功，但他嘔心瀝血而撰寫的傷春傷別的詩卻是無人可以望其項背，天下無雙。這一方面是指其專心致志的努力，更重要的是指出其傑出的成就。

杜牧以傷春怨別作品的成就最為突出，這些作品有些是抒發了他個人對春天消逝以及生離死別的哀傷，有些則是抒發了對風雨如晦的時代的憂心，但都寫得真摯深刻，感人肺腑，因而膾炙人口。李商隱亦有不少傷春傷別的名作，其旨意亦相似，所以引杜牧為同調，可見此詩寫杜牧，亦寫自己。

淚

【題解】

這是一首極有獨創性的詩。它一連使用了六個典故，鋪寫了六種人的傷心淚：宮女失寵的淚、離人送別的淚、后妃傷逝的淚、平民懷德的淚、美人和番的淚、英雄窮途的淚，最後不用典故直述寒士送貴人上路的淚。詩人認為第七種人的淚最為傷心，因為其中融合了自己在現實生活中的感受。

六朝江淹的《別賦》與《恨賦》就是鋪寫了各種各樣的別與恨而成，其中使用了許多典故。李商隱把此寫法引入詩中，創造了以賦入詩的寫法，為後來詩人開闢了一條新路。

【譯注】

永巷長年怨綺羅 ❶，	永巷宮女長年怨恨穿綺羅，
離情終日思風波 ❷。	終日牽念離人在江上奔波。
湘江竹上痕無限 ❸，	斑竹上面湘妃的淚痕無限，
峴首碑前灑幾多 ❹？	峴山碑前黎民百姓灑幾多？
人去紫臺秋入塞 ❺，	昭君離開紫臺秋天入了塞，
兵殘楚帳夜聞歌 ❻。	項羽兵敗垓下深夜聞悲歌。
朝來灞水橋邊問 ❼，	清晨來到灞水橋邊問問看，
未抵青袍送玉珂 ❽！	才知不如寒士送貴人難過！

❶ 永巷：漢時宮中幽閉有罪宮女的長巷。綺羅：華麗的絲織品，此處指這種絲織品做的衣裳。這句說「怨綺羅」，意思是怨恨自己當宮女，過幽閉生活，終日以淚洗面。

❷ 離情：離愁別緒。思風波：思念乘船在江上的風波裏前行的離人。

❸ 湘江竹：即湘妃竹，亦叫斑竹，因為竹上有斑如淚浪。相傳舜南巡，崩於蒼梧（今湖南省寧遠縣東南），二妃（娥皇、女英）望蒼梧而泣，淚灑竹上，成點點斑痕，後投湘江而死，故稱。

❹ 峴首碑前：峴首山（在今湖北省襄陽縣南）羊祜的碑前。羊祜，晉代名將，曾鎮守襄陽，為官清儉。死後，百姓在峴首山為他立碑，來瞻仰者望碑莫不流淚，時人稱為「墮淚碑」。

❺ 紫臺：即紫宮，紫禁，皇帝居住的宮室。這句用「昭君出塞」的典故。王昭君是西漢元帝時的美女，十七歲被召入宮，因為自恃美貌，得罪了畫工毛延壽，毛故意把她畫得很醜，以致不能得皇帝寵幸，正值匈奴單于（君長）呼韓邪來朝，要求賜美人為后，昭君內心憤恨，乃自請和番，辭別時皇帝見到她光彩奪目，但後悔已遲。昭君遂離開漢宮出塞。一介弱女離開故國，到一個萬里之

外、風俗殊異、沙漠連綿的胡地，其悲傷可以想像。這句話出自六朝江淹的《恨賦》：「若夫明妃（晉時因避晉文帝司馬昭諱改為明君）去時，仰天太息。紫臺稍（漸）遠，關山無極（無限）。望君王兮何期，終蕪絕（死亡）兮異域。」

❻ 兵殘：兵敗。這句用項羽兵困垓下（今安徽省靈璧縣南）故事。秦末，項羽（楚）與劉邦（漢）爭奪天下，到最後階段，項羽兵敗，被圍困於垓下，項羽兵少糧盡，「夜聞漢軍四面皆楚歌（說明楚人已降漢），項王飲帳中，乃悲歌慷慨，美人（虞姬）相和，項王泣數行下，左右皆泣。」最後項羽突圍，自刎而死。

❼ 灞水橋：即灞橋，在陝西省長安縣東。橋橫灞水上，古人多於此送別，故又名銷魂橋。

❽ 青袍：古代貧寒的讀書人常穿的一種袍子。此處指貧寒之士。玉珂：用玉製作的馬籠頭上裝飾物。指騎駿馬的達官貴人。

【賞析】

這首詩的最大特點是在章法的運用方面。作者首先鋪排了六種一般人認為最令人傷心而流淚的故事，然後在末兩句中將它們推翻，說上述六種都比不上末一種「青袍送玉珂」來得令人傷心。

為什麼呢？其說法有二。

其一為，六種淚中除了一、二句寫宮女不被寵幸以及親友的生離死別的痛苦外，其餘幾句都是寫歷史傳說中人物的悲痛，與作者當時的切身感受始終隔着一層。對作者來說是自己經常以寒士之身送別達官貴人的屈辱感最切身（李商隱官職卑微，送別乃常事），感受也特別深，於是借寫古人傷心事時迸發出來。其中雜糅了作者的身世之感。

其二則否定上述說法，李義山研究者馮浩指出，他開始認為這是一首受壓抑終身窮途抱恨之作，但若以常理衡量，末句之可傷，沒有理由超過前六事，如果慨歎身世，何必對水濱發問？所以這首詩應視作為李德裕貶潮州、崖州而寫。

李德裕（公元787至850年），唐朝著名政治家，武宗時居相位，當政期間，力主削弱藩鎮，扭轉唐室長期以來積弱不振的形勢，被封為衛國公，但唐宣宗繼位後，便遭排斥，先罷相位，會昌四年（公元844年）十二月，繼而貶為潮州司馬（州府的輔佐官），第二年九月再貶崖州（在今海南省海口市一帶），最後死在那裏。李德裕生前注意起用貧寒士子，所以他的被貶斥，使寒士十分痛心。《唐摭言》記有「八百孤寒齊下淚，一時南望李崖州」之句，李商隱曾推重李德裕為「一代之高士」、「萬古之良相」。那麼說詩中「灞水橋邊」、「青袍送玉珂」的畫面是士子送李德裕的動人場景是很有可能的。馮浩的闡釋不能說沒有道理。

房中曲

【題解】

　　唐宣宗大中四年（公元 850 年），李商隱應徐州武寧節度使盧弘正的邀請，入幕府任職。第二年，盧弘正病歿，春末，他攜眷返回長安。不久，夫人王氏逝世。他極為悲慟，寫下這首悼亡詩。

　　《房中曲》，是古樂府曲名。詩人借用古曲抒寫自己獨處空房時對妻子的無限懷念。感情真摯，是悼亡詩的名篇。

【譯注】

薔薇泣幽素 ❶，　　　　　　　含露如泣的薔薇幽雅素潔，

翠帶花錢小 ❷。	如帶綠柳春花銅錢般細小。
嬌郎癡若雲 ❸，	嬌郎癡立如凝聚不動的雲，
抱日西簾曉 ❹。	西邊窗簾下等待日升天曉。
枕是龍宮石 ❺，	睡枕是龍宮裏運來的玉石，
割得秋波色 ❻。	能夠分得清澈秋水的色澤。
玉簟失柔膚 ❼，	竹蓆上失去了柔滑的體膚，
但見蒙羅碧 ❽。	只見牀上的紗帳空自綠碧。
憶得前年春 ❾，	回憶起前年春天別離情狀，
未語含悲辛。	尚未開口內心充溢了悲傷。
歸來已不見，	歸家時你的音容已經杳然，
錦瑟長於人 ❿。	曾經彈過的錦瑟比你久長。
今日澗底松 ⓫，	今日我像山澗底下的青松，
明日山頭蘗 ⓬。	明天將像高山頂峰的黃蘗。
愁到天池翻 ⓭，	我真發愁到天翻地覆之日，
相見不相識。	就是再相見亦已經不相識。

❶ 薔薇：落葉灌木，羽狀複葉，小葉倒卵形或長圓形，花白色或淡紅色，有
　芳香。

❷ 翠帶：形容翠綠的柳枝條，細長如帶。

❸ 嬌郎：古人通常稱愛婿為嬌客，這裏是詩人自指。

❹ 抱日：擁抱太陽，即迎接太陽。

❺ 龍宮石：龍宮中的玉石，形容睡枕晶瑩透剔。

❻ 割得：分割得來。秋波色：秋水清澈的顏色。古人常用秋水形容女子的明亮的
　眼睛，兩句合起來是說看到龍宮石枕，想起妻子的明眸。

❼ 玉簟：十分精美的竹蓆。簟，供坐臥用的竹蓆。

❽ 蒙羅碧：碧綠的紗帳。

❾ 前年春：指大中三年（公元 849 年）春。兩句是說那時妻子體弱多病，自己為了謀生，不得不長途跋涉，遠赴異鄉任職，所以「未語」內心已滿含悲苦辛酸。

❿ 長：長久。與上句連起來是說回到京中家裏了，可是妻子卻音容杳然。只剩下她過去彈奏過的錦瑟，人亡物在，睹物思人，情何以堪。

⓫ 澗底松：西晉左思《詠史》詩中有「鬱鬱澗底松」，比喻詩人內心的鬱結煩悶。

⓬ 蘗：亦稱黃柏，植物名，味苦，比喻詩人內心的悲苦。

⓭ 天池：指大海。古人認為大海是源於造化（萬物的創造者），不是人力所能為，故稱天池。翻：天翻地覆，海枯石爛。天池，一作「天地」。

【賞析】

　　這首悼亡詩寫得纏綿悱惻，哀婉感人。首四句寫一夜無眠，晨起見到庭外令人斷腸的幽清的景色，薔薇花亦為詩人的不幸而哭泣。詩人被懷念亡妻的哀傷所壓倒，望着景物，腦中浮現的是人，癡癡若呆。接四句寫室內妻子用過的遺物：龍宮石枕、玉簟、蒙羅碧。龍宮石枕使他想起王氏如秋水般的明眸，玉簟和蒙羅碧使他憶及王氏的柔美的體態，但是現在物是人非，只剩下孑然一身，陪伴着自己的是無盡的寂寞。九至十二句寫對往事的回憶，想起前年春天將要遠赴徐州時未語含悲辛的情景。王氏嫁過來之後，自己事業一直不順遂，未能給她帶來幸福，致使她病體難以康復，加上往返遠途跋涉，現在回到家中，本以為可以平靜度日，豈知伊人音容已杳，只見到玉手撫摸過的錦瑟案上橫陳，睹物思人，倍增傷感。最後四句用澗底松與山頭蘗比喻自己內心的鬱悶與悲苦，並說不論天翻地覆、海枯石爛，此情不渝，所愁的是恐怕到時候即使可以相見，但因為時間隔得太久音容已變，彼此都不相識了。末兩句可用蘇軾在妻子亡故十年後寫的

《江城子·乙卯正月二十日夜記夢》詞加深理解：「十年生死兩茫茫，不思量，自難忘。千里孤墳（那時蘇軾在山東，而夫人墳在四川，相距遙遠，故言千里），無處話淒涼。縱使相逢應不識，塵滿面，鬢如霜。」最後兩句用本詩「相見不相識」的詩意，具體說明相見應不識的原因是自己風塵滿面（蘇軾曾在全國各地作官，亦曾貶謫到湖北、廣東、海南等地，風塵僕僕），而且已經老了，兩鬢霜白。這句話說得十分沉痛，相見已不易，相見後不識就更令人難過了。死別時人們悲慟，原因在此。

此詩十六句，每四句轉韻，分四個層次寫，每個層次都從不同的角度去悼念死者，互相聯繫，又層層推進，最後把悲哀情思推向高潮，章法頗見心思。

睹物思人，借物寄情乃悼亡詩常見手法。如西晉潘岳著名的《悼亡詩》就有「幃屏無髣髴，翰墨有餘跡。流芳未及歇，遺掛猶在壁」之句，他從帳幕屏風想到妻子的芳容，從遺留的筆墨文字，想起妻子昔日揮毫作書的情景，但音容已杳，餘香尚存室內，遺物仍掛壁上，引人相思。這種手法用多了，成為公式，就不再感人了。李商隱另闢蹊徑，他能從死者遺物聯想到她的具體形象，如見到龍宮石枕，想起亡妻的眼睛；看到綠紗帳，憶及亡妻的體態。

最根本的是詩中表現的是真情，在三妻四妾的中國社會中，能夠做到專情一志是十分難得的。唐朝的元稹寫的悼亡詩《遣悲懷》是十分著名的，其中有「惟將終夜長開眼，報答平生未展眉」，說自己將像鰥魚一樣眼睛長不閉，用以報答你一生的辛勞愁苦，話自管這麼說，但是沒有多久，他就再娶。詩中的信誓旦旦成了後人的笑柄。李商隱則不然，王氏死後，他終身不娶，實踐了詩中忠貞不渝的諾言。

無題二首

【題解】

這兩首詩寫於大中五年（公元 851 年），那時東川節度使（治所在今四川省三台縣）柳仲郢聘商隱入幕府，他不想去，求令狐綯推薦他入朝廷為官，綯因與商隱的舊交情，留他在家裏居住，但對商隱投身屬於李黨的王茂元，並娶其女為妻耿耿於懷，認為他背恩，不肯推薦他，因此商隱逗留綯家期間寫了這兩首詩，他自比待嫁女，希望得到綯的薦介，但綯不允，於是便隨柳仲郢去東川。

其一

【譯注】

鳳尾香羅薄幾重 ❶？	鳳尾香羅薄薄的有多少重？
碧文圓頂夜深縫 ❷。	碧綠紋的圓頂帳深夜密縫。
扇裁月魄羞難掩 ❸，	扇形如圓月難掩羞愧的臉。
車走雷音語未通 ❹。	一語未通車輪遠去聲隆隆。
曾是寂寥金燼暗 ❺，	蠟燭成燼度過寂寞的夜晚，
斷無消息石榴紅 ❻。	石榴花已開卻收不到來鴻。
斑騅只繫楊柳岸 ❼，	雜色的馬只繫在楊柳岸邊，
何處西南待好風 ❽？	去哪裏才能等到西南好風？

❶ 鳳尾：鳳尾的花紋。鳳，即鳳凰，傳說中的鳥王，有美麗的尾巴。香羅：絲織品的一種，這裏指香羅帳。重：層。因為是複帳，所以說幾重。

❷ 碧文：青碧的花紋。文，同紋。此句是倒裝句，實際應為「深夜縫碧紋圓頂（帳）」。

❸ 扇裁月魄：扇子裁成圓月形。月魄，月亮。道家以日為陽，故稱日魂；以月為陰，故稱月魄。班婕妤《怨歌行》有「裁為合歡扇，團團似明月」之句。班婕妤是西漢女文學家，多才善辯，漢成帝時被召入宮，立為婕妤（受皇帝寵愛的嬪妃的稱號），後來失寵，在長信宮侍候太后，寫了《怨歌行》抒發內心的哀傷。羞難掩：形容半遮半掩的嬌羞神態。

❹ 車走雷音：車輪在地上轉動發出如雷的隆隆聲。

❺ 曾是：已經是。金燼：華麗的蠟燭燃燒後遺留的餘燼。

❻ 石榴紅：石榴五月開花，花呈橙紅色，此處借指夏季五月。

❼ 斑騅：毛色青白相雜的馬。

❽ 西南風：化用曹植《七哀詩》中「願為西南風，長逝入君懷」之句，意思是冀盼有一陣西南風，把自己吹入情人的懷中。

【賞析】

這首詩寫愛情受到挫折的女子的苦悶，其中寄託了作者的身世之感。表面上是寫待嫁的女子，實際是寫詩人自己。

首兩句寫那位女子深夜仍在縫製羅帳。羅帳乃是唐人婚禮時所用，可見她正期待着出嫁。第三句是寫女子裁製團扇時嬌羞神態，以示她嬌美的姿容。第四句寫她等待男子的到來，可是男子只是路過而不入，連一句話都未說就走了，只聽到車聲如雷隆隆而過，說明她在靜夜傾耳諦聽時內心引起的震動，由此可以想像女子的失望與懊喪。用班婕妤的《怨歌行》的詩句既比喻女子有才華，亦暗寓像班婕妤被拋棄。五、六句寫女子無望的等待：已經是夜夜蠟燭燃盡，寂寞伴身，春天過去，到了石榴花開的夏季，仍然音信杳杳，「斷無消息」的「斷」字表現了音信傳到的無望。第七句想像男子現在正把斑騅繫在垂楊邊，準備繼續前行遠去，並無歸來之意，這句可能暗用樂府《神弦歌‧月下童曲》中「陸郎乘斑騅，……望門不欲歸」的句意。末句表示急切與男子相晤的心情，希望西南風能幫忙把她吹到他的懷抱中。

結合「題解」也可以作如下解釋：作者把入朝作官比喻女子待嫁。令狐綯留他在家，他希望綯能推薦他入朝為官，有如女子縫製出嫁用的碧文圓頂帳等待出嫁，他說自己像班婕妤那樣美麗而有才華，但每天聽到綯上朝歸來的車聲，卻並未與作者通一語。他只有繼續日夜焦急地等待，春天

過去，夏季到來，絢仍無回音。他知道絢不想推薦，只好接受柳仲郢的聘請，乘西南風去東川了。

這首詩的五、六句「曾是寂寥金燼暗，斷無消息石榴紅」十分有名，這是因為這兩句詩使用了「情思外化」的象徵手法。「金燼暗」是女主人公「蠟炬成灰淚始乾」與「一寸相思一灰」的對愛情至死不渝的情感的外化，「石榴紅」則是對青春在無望的等待中逝去的悵惘的外化，於是本來是抽象不可把捉的情思遂透過具體的客觀事物轉化為鮮活的意象呈現在讀者眼前。

其二

【譯注】

重帷深下莫愁堂 ❶，	層層帳幕深垂在莫愁閨房，
臥後清宵細細長 ❷。	臥牀不能寐靜夜悠悠漫長。
神女生涯原是夢 ❸，	巫山神女生涯原來是場夢，
小姑居處本無郎 ❹。	姑娘獨居至今仍沒有情郎。
風波不信菱枝弱 ❺，	風波偏去摧殘柔弱的菱枝，
月露誰教桂葉香 ❻。	月露並不滋潤使桂葉芳香。
直道相思了無益 ❼，	即便說相思真是全然無益，
未妨惆悵是清狂 ❽。	亦不妨做個情癡終身惆悵。

❶ 莫愁：古樂府中女子的名字，六朝時人。聰明、美麗，能歌，又善針黹，這裏用以比喻詩中的女主角。可參看《馬嵬二首》其二注解 ❽。

❷ 細細長：形容靜夜漫長，時間過得緩慢，彷彿一點一點地過去。

❸ 神女：指巫山神女，傳說她曾與楚襄王在夢中歡會。生涯：生活。

❹ 小姑：未嫁少女，原注：「古詩有『小姑無郎』之句」。古樂府《清溪小姑曲》：「小姑所居，獨處無郎」，意謂少女一人獨居，還沒有情郎。

❺ 菱枝：菱的根莖。菱，一年生草本植物，生在池沼中，根生在泥裏，葉子浮在水面，略作三角形，邊緣略有鋸齒，花白色。這句是說風波不相信菱枝柔弱，使之遭到摧殘，可見風波的橫暴。

❻ 月露：月下的露水。這句意謂誰又能使月露滋潤桂葉而發出芳香，這是反問句，說明月露的無情。

❼ 直道：即使說。了：完全。

❽ 清狂：不狂似狂，故曰清狂，即今人所謂白癡，這裏是情癡（為情而癡）的意思。

【賞析】

　　這首詩緊接上首，寫那位待嫁的女子臥輾轉反側無法入睡，閨房帳幕低垂，長夜漫漫，往事一件件浮上心頭，回想甜美的愛情生活，原來像一場夢幻，自己現在是小姑獨處，孤零零的，沒有情郎為伴。她希望得到周圍的幫助，但是她像水中的菱枝，明擺着柔弱無力，巨風大浪卻偏偏不信，橫蠻地加以摧殘。又像桂葉得不到月露的滋潤，因而不能散發芬芳，但是她並沒有放棄對愛情的堅貞，認為即使相思不會有任何回報，但她卻不後悔，而是將懷抱一片癡情，在惆悵中度過此生。

　　詩的三、四句用了兩個典故，但用得貼切自然，達到了使事無跡的地步。兩句中的「原」、「本」二字用得頗見心思，前者說明她在愛情方面曾追求過，但均成泡影；後者暗示她從未得到真心實意的愛情。末兩句用口

語化的詩句，道出對愛情的認真態度，完全是出自內心，脫口而出。

也可以說此詩有如下的寄託：寫他在令狐綯家中徹夜難寐，想起年輕時令狐楚（綯父）曾愛護他，推薦他考中進士，而今一切有如一場幻夢，綯對他入朝為官一事，十分冷淡，毫無推薦之意，但他內心還是抱着希望，對令狐家的感情始終未變。

在中國古代作品中，把自己比作美人以寄託理想與追求的表達方式是較常見的。最早使用者是屈原，他在《離騷》中以香草喻美人，又以美人自比，更以男女關係比喻君臣的關係，這一手法後來不斷為歷代詩人所運用，其中最著名的有唐朝朱慶餘的《閨意》（又題《近試上張水部》）：「洞房昨夜停紅燭，待曉堂前拜舅姑。妝罷低聲問夫婿，畫眉深淺入時無？」意思是洞房昨晚花燭徹夜高照，天亮到堂前拜見公婆，化妝完畢低聲問夫婿，眉毛畫的濃淡是否適合公婆的心意。作者是在考進士前寫此詩給主考官張籍，問他「我寫的這篇文章是否符合標準？你是否喜歡？」從表層看詩已寫得十分生動，把媳婦見公婆前和丈夫說話的嬌羞神態描繪得入木三分，從深層看作者希望主考官喜歡他的文章並得以錄取的心情也描繪得貼切傳神。

李商隱的兩首無題詩亦有同樣的特點，這是讀中國詩的人不能不知的表現技巧。

蟬

【題解】

此詩寫作年代不詳。馮浩把它編入唐宣宗大中五年（公元 851 年），
詩人四十歲時，但根據不足。

蟬，昆蟲名，種類很多，雄的腹部有發音器，能連續不斷發出悠揚的
聲音，亦叫「知了」。在古詩中，蟬被賦予的形象是高潔的，都說牠棲止
高枝上，餐風飲露，遺世獨立。

這是一首詠物詩，它使用「託物寓意」的寫法，表面寫蟬，實是寫
人。其中寄託身世之感。

【譯注】

本以高難飽 ❶，	本來因為樹高而難獲一飽，
徒勞恨費聲 ❷。	怨恨白費工夫整日鳴不停。
五更疏欲斷 ❸，	黎明時分聲音疏落力已竭，
一樹碧無情，	滿樹青翠碧綠太冷酷無情。
薄宦梗猶汎 ❹，	官職低微如桃梗漂泊不定，
故園蕪已平 ❺。	家園荒蕪雜草遮蔽了路徑。
煩君最相警 ❻，	蟬啊，勞駕您常把我提醒，
我亦舉家清 ❼。	我也和你一樣全家皆潔清。

❶ 以：因為。高難飽：《吳越春秋》：「秋蟬登高樹，飲清露，隨風撝撓（擺動），長吟悲鳴。」故云。此句含有品格高潔，缺乏知音，得不到共鳴之寓意。

❷ 恨費聲：怨恨自己終日不停地鳴叫徒勞無功。

❸ 五更：天將亮未亮之時。疏欲斷：蟬聲稀疏，聲嘶力竭，唱不下去了。

❹ 薄宦：官職低微。宦，做官。李商隱一直在高官幕府任職，官位卑微。梗：樹枝。汎：漂流。這裏用《戰國策·齊策》裏的典故，齊孟嘗君想到秦國去，蘇秦（《史記》作蘇代）勸阻道：「今天我來這裏的時候，路過淄水（今山東省淄河）上，聽到土偶人對桃梗人說：『你本來是東國的桃枝，把你刻成人形，大雨降落時，淄水洶湧而至，你將漂流到哪裏去呢？』」此句用此典故，比喻詩人漂泊不定的作官生涯。

❺ 故園：故鄉的田園。蕪已平：荒蕪一片。平，形容到處長滿了野草荊棘，已分不清田地與道路。這裏用陶淵明《歸去來辭》的句子：「田園將蕪，胡不歸？」意謂田園將要荒蕪，為什麼還不歸去呢？這裏用此典故，是說陶淵明在田園將蕪之時返回故鄉，而自己已知田園荒蕪，卻身不由自主，歸去不得。

⑥ 煩君：勞煩您。君，指蟬。警，警醒，警誡。最相警：最能誠懇的警醒。

⑦ 舉：全。清：清白，品德高潔。

【賞析】

「託物寓意」的詩是作者透過物的形象來表現自我的感情形象，首先是表面上有相似之點，然後才能進入兩者精神的契合。中國有許多「託物寓意」的詩，是與中國「人天合一」的人生哲學有關。

讀完這首詩的第一句，我們會搞不清楚詩人是在寫蟬還是在寫人，是蟬托身高枝，餐風飲露難得一飽，還是詩人志行高潔，不肯同流合污，以致到處受排斥，生活陷入困境呢？二至四句亦有類似的情況：蟬的整日徒勞無功的悲鳴，直至五更，聲嘶力竭，而碧綠的大樹對此卻無動於衷，不假援手，是不是詩人拚盡全力，呼援求助，卻得不到人們任何回應呢？自然界和人間都是如此無情的啊。

這四句之所以成為金句，除了能臻物我契合的境界之外，在寫作技巧上還使用了強烈的對照：蟬的「清高」與「難飽」以及蟬鳴的「疏欲斷」與一樹的「碧無情」的對照。這種對照把蟬與人的不幸命運生動地展示出來。

第五、六句回到詩人自身的申訴，具體寫出自己當前的遭遇，官職卑微，為仕宦到處漂泊，像桃梗隨水逐流，行止均不由自己決定，命運遠不如陶淵明，即使田園荒蕪，想歸家亦不可得。最後兩句詩人把蟬當作朋友對牠傾訴，感謝牠的警誡，使他醒悟到自己全家人與蟬相同：志行高潔，不會同流合污，與首句的「高難飽」相呼應，使詩變得完整無瑕。

十一月中旬至扶風界見梅花

【題解】

　　這首詩可能是唐宣宗大中五年（公元 851 年）冬天，詩人應東川節度使柳仲郢之聘入蜀，途中見道旁梅花有感而作。

　　扶風，郡名，治所在今陝西省鳳翔縣。

　　這是一首詠物詩，其中卻糅合了詩人無限的身世感慨。此詩要與下面的《悼傷後赴東蜀辟至散關遇雪》及《憶梅》並讀，以加深理解。

【譯注】

匝路亭亭豔 ❶，　　　　　　　　環繞道旁亭亭玉立豔射四方，

非時裊裊香 ❷。	開放非時散佈着襲人的芬芳。
素娥惟與月 ❸，	嫦娥只是知道把清輝贈明月，
青女不饒霜 ❹。	青女也不會同情而減少雪霜。
贈遠虛盈手 ❺，	折花贈遠方親友卻無人接受，
傷離適斷腸 ❻。	別離的傷悲適足使自己斷腸。
為誰成早秀 ❼，	為了什麼人你早早把花開放，
不待作年芳 ❽？	不肯等到第二年才開花吐香？

❶ 匝：環繞。亭亭：亭亭玉立，形容花木形體挺拔，常用以形容美女身材修長的樣子。

❷ 非時：不合時宜。這句是說梅花開放吐香不是時候。

❸ 素娥：即嫦娥，因為嫦娥奔月，月色白，故稱素月。這句是說嫦娥只把清光給予月亮，並不給梅花什麼，梅花的姿色是自身所有的。

❹ 青女：司霜的女神。饒：饒恕。這句是說青女降下霜雪並非為了使梅花能表現出其耐寒的品格，而是為了要摧殘它，因此不會因為梅花已開放而饒恕它，即少下霜雪。

❺ 贈遠：贈送給遠方的親人，可能是指妻子，這時妻王氏已故。手中滿把鮮花，但想贈的人卻已逝去，白白摘了。虛：徒然，白白。此句化用以下典故：《荊州記》：「陸凱（南朝宋人）與范曄相善，自江南寄梅花一枝詣（到）長安與曄，並贈詩曰：『折梅逢驛使，寄與隴頭（即隴山，在陝西，指代長安）人。江南無所有，聊贈一枝春。』」

❻ 傷離：為與妻死別而悲傷，也為自己離開京都、離開兒女（他把兒女寄居京都）而哀痛。斷腸：形容悲哀痛苦到了極點。

❼ 秀：植物抽穗開花，多指農作物，這裏指開花。梅樹多在初春開花，現在十一月中旬開，所以說「早秀」。

❽ 芳：本指芳香，這裏指梅花。

【賞析】

詩中除了五、六句是直接抒情外，其餘六句都是明寫梅花、暗寫自己，可是看不出痕跡，可以說糅合得天衣無縫。李商隱許多詠物詩均是如此。

一、二句寫梅花的美豔與芳香，用「非時」二字寫本應初春開放的梅花卻在頭一年的十一月中旬開遍，比喻自己的生不逢時，以致難展抱負，而抑鬱平生。三、四句「素娥」與「青女」對花的態度，暗寓自己得不到高位者的賞識與愛護，卻遭到謗諑與排擠。五、六句直抒詩人傷離的斷腸，想贈花已無人承受。末兩句寫花早秀等不到第二年開花吐香，比喻自己也是早年才華橫溢，卻不料陷入黨爭之中，光芒盡掩，與第二句中的「非時」相呼應、相補充，自傷身世之感由此托盤而出。不同的是第二句是直述句。而末兩句用的卻是設問句 —— 不用對方答，也無法作答的設問句，兩句要一氣讀下：「你是為了誰早開花而不等到第二年才吐香呢？」將兩句作完整的理解。許多注本將問號置第七句，我想還是置第八句較佳。

悼傷後赴東蜀辟
至散關遇雪

【題解】

　　唐宣宗大中五年（公元 851 年）秋初，李商隱妻王氏卒。在此之前的七月間，他已應梓州（今四川省三台縣一帶）刺史、東川節度史（總攬數州軍事的長官）柳仲郢之聘任書記之職，因妻亡，延至冬天才入蜀，本詩是他入蜀途中經過大散關遇雪懷念亡妻而作。

　　悼傷，即悼亡，悼念死了的妻子。東蜀，即東川（治所在益州，今四川省成都市）。辟，徵召（為官），指柳仲郢聘他為節度使書記。散關，即大散關，在今陝西省寶雞市西南大散嶺山，扼陝川間交通孔道。題目的意思是喪妻後應聘去東蜀到散關遇到大雪。

【譯注】

劍外從軍遠 ❶，	從軍劍閣外道路很遙遠，
無家與寄衣 ❷。	沒有家人給我寄來寒衣。
散關三尺雪，	散關已經積三尺厚的雪，
回夢舊鴛機 ❸。	夢見妻在機旁織個不息。

❶ 劍外：唐人稱劍閣以南蜀中地區為劍外。東川節度使屬劍南道。劍閣，在今四川省劍閣縣北。從軍：在總管數州的軍事長官（節度使）幕府工作，所以說從軍。

❷ 無家：指沒有妻子。與：給。

❸ 回夢：回到家中的夢。舊：舊有的。鴛機：織機。以鴛鴦為名，以喻夫妻。這句說夢歸家中見到妻子在織機旁忙於為他趕製寒衣。

【賞析】

　　悼亡已經令人斷腸，為了謀生還要離家獨身遠行，又值隆冬，遇上大雪，內外交逼，詩人淒慘的情狀，實在非局外人所能想像得出，但是詩人卻用短短的二十個字形象地描繪出來，使我們具體地感受到。

　　詩中沒有一個字提到自己旅途的孤寂，也沒有一個字提及對妻子的思念，但卻通過最一般的生活細節把上述兩方面表現出來。第一句「遠」字，不但是寫東蜀距離長安的遙遠，更寫出心理上覺得離開家鄉越來越遠，思家之情由此顯現。第二句寫妻子亡故，家已破碎，自己無人照管，無人關心，透過無人送寒衣展示，這一細節十分具典型性，我們常用噓寒問暖表示對親人的關懷可資證明，母親對兒女如此，妻子對丈夫亦如此。

第三句寫天氣嚴寒，是透過散關三尺雪來說明的。詩人留宿散關驛舍，被孤單與寒氣所包圍，因為詩人渴望有親人寄寒衣，在朦朧的睡夢中忘了身是客，好像回到家中見到妻子正在織機旁為自己織厚厚的寒衣呢！在這一句中用現在的淒涼與夢中的溫馨作了強烈的對比，可以想見內心的傷口在流血。

讀這首詩使人想起宋代詩人蘇軾的《江城子》，這是他在妻子逝世十年之後於遠離家鄉（四川）千里之外的密州（山東）寫的，他也夢見妻子生前的情景：「夜來幽夢忽還鄉。小軒窗，正梳妝。相顧無言，惟有淚千行」，歸夢的內容有所不同，但是懷念的心態與蘊含的刻骨的銘記卻是一致的。這種跨越時空的夫妻的愛今天讀起來還是如此迴腸蕩氣，語言藝術的魅力令人讚歎！

夜雨寄北

【題解】

此詩一作「夜雨寄內」，寄內，是寄給內人（妻子）的意思。但是依據商隱的另一首詩《悼傷後赴東蜀辟至散關遇雪》，可見他是在大中五年（公元 851 年）秋妻子王氏逝世後的冬天才赴四川，應聘於東川節度使柳仲郢幕府的。而且他後來並未再娶，「寄內」的題目大有商榷餘地。李商隱在大中五年冬至九年冬在蜀作官，詩當是在上述期間的一個秋雨之夜答覆一位關心自己歸期的長安友人而寫下的。儘管如此，許多人還是把它當寄內詩來讀的，就像聞一多的《也許》一詩，明明是在女兒死前寫的，但人們還是把它當作悼念愛女的詩來欣賞，這種美麗的誤會在文學史上並非鮮有。

這首詩語淺情深，是李商隱的代表作之一，人們懷想遠方親友時，常不禁吟詠這首詩，以寄託思念之情。

【譯注】

君問歸期未有期，	你問歸期我都不知是何時，
巴山夜雨漲秋池 ❶。	巴山夜雨漲滿秋天的水池。
何當共剪西窗燭 ❷，	何時與你西窗下剪燭談心，
卻話巴山夜雨時 ❸。	對你傾訴巴山夜雨的懷思。

❶ 巴山：蜀地的山，蜀地是古巴國所在地，所以常巴蜀並稱，這裏巴山泛指
蜀地。

❷ 何當：什麼時候能夠。剪燭：古代點蠟燭，燭上會結燭花（蠟燭燃燒時結成的
花狀物），要不時剪去。

❸ 卻：再。

【賞析】

　　詩的第一句別開生面，用一問一答的方式寫出，友人來信詢問歸期，
作者不寫對方懷念自己，也不說自己懷念對方，但從詢問中已表現出對方
的情意。「未有期」則抒發了自己很想回去，但由於種種原因（如事務纏
身），想歸而不可得，所以定不下日期，有無可奈何之感。第一句話，包
含了雙方的互相思念。第二句告訴對方當下自己的處境：正是夜雨綿綿，
屋前庭院裏的池塘水已漲滿，可見雨下得很大。在淅淅雨聲中，自己遠客
異鄉，與孤燈形影相弔，更增加自己思念之情。在無可奈何之際，詩人只
有安慰對方（其實也是自我安慰），希望有一天能夠與對方相聚，一起在
燭光下，共剪窗前的燭花，暢叙當年巴山夜雨時懷思的情景。「何當」二
字是冀盼之詞，用得很好，因為它表現了詩人在失望中的希望，說明相思

之情之深切。而這種希望是否更增加詩人在此時此地的惆悵呢？

這首詩的最大特點是使用白描手法，把思念友人之情不加修飾地抒發出來，每個字都是真情的自然流露。欣賞這短章時，我們似乎聽到詩人心曲的旋律的顫動，最高的技巧就是無技巧，在這裏又一次得到印證。這首詩雖然明白如話，但卻蘊涵無限深重的情意，使人感到中國語言的魅力。

詩中第二句與末句重複使用「巴山夜雨」，並不予人以累贅的感覺，反而增加詩中的雨夜的氣氛，同時還增加了迴環往復的音樂效果。在內容上，第二句的「巴山夜雨」是淒愁灰黯的，末句則是歡悅明朗的，兩相對照，映襯出當前被相思所折磨的人的孤寂。這些地方都顯示了詩之含蓄不露的特點，欣賞時宜細細咀嚼。

初起

【題解】

　　從詩的第三句「三年苦霧巴江水」可知是寫於宣宗大中七年（公元853年）。商隱於大中五年（公元851年）冬應梓州刺史柳仲郢之聘入蜀，在幕府任書記。入蜀前妻王氏已故，他把兒子留在京師託人照管，所以居蜀期間，生活枯寂。加上梓州多霧，俗稱霧城，難得見到陽光，整日陰陰沉沉，更使人苦悶難當。於是寫下這首詩。

　　不過古人常以「日」代表君王，那麼這首詩可能含有懷念君王，希望君王的光芒能照到他身上，把他調回作官，以實現自己的抱負的內涵。

　　初起，剛剛起。詩人五更夢迴，見窗外濃霧，有所感而作。

【譯注】

想像咸池日欲光 ❶，　　　　　　想像咸池中日頭即將光亮，
五更鐘後更迴腸 ❷。　　　　　　五更之後夢醒更令人斷腸。
三年苦霧巴江水 ❸，　　　　　　三年期間苦霧籠罩巴江水，
不為離人照屋梁 ❹。　　　　　　太陽升起也不照離人屋樑。

❶　咸池：古代神話中的地名。《淮南子‧天文訓》：「日出於暘谷，浴於咸池。」

❷　五更鐘：更是古代夜間計時的單位，一夜有五更，每更約兩小時。五更鐘，意
　　謂夜已盡。迴腸：古人認為憂思太甚會使腸子屢屢為之迴轉。司馬遷有「腸一
　　日而九迴」，梁簡文帝有「悲遙夜兮腸九迴」，都是用九迴腸形容極度的悲傷。

❸　苦霧：形容連日累夜長久不散的霧。巴江水：四川的江水。

❹　照屋梁：出自宋玉《神女賦》：「耀乎若白日初出照屋梁」，日初出，因接近地
　　平線，光線射入門窗，能照到屋樑。

【賞析】

　　這首詩從表層看是描述在蜀地被苦霧所困的苦悶，實際上含有自己遠
在天涯得不到君主的擢拔，返京任職的慨歎，因為君主受到佞臣的蒙蔽，
日光被遮蔽，當然不可能光芒普照。

　　李商隱這種慨歎在古代詩人中常有，而且亦用同樣的比喻來表達。如
李白在《登金陵鳳凰臺》就以「總為浮雲能蔽日，長安不見使人愁」（總
是為了浮雲能遮蔽紅日，望不見長安使人無限哀愁），抒發自己得不到皇
帝重用的鬱悶，《初起》的「不為離人照屋梁」怕亦有此一深層寓意。

天涯

【題解】

　　這首詩可能寫於大中九年（公元 855 年）。那時詩人在梓州刺史柳仲郢幕府當書記，梓州在今四川省三台縣一帶，離首都長安與作者家鄉（河南省沁陽縣）均十分遙遠。從長安到梓州約一千八百多里，從陸路走，有難於上青天的蜀道；從水路走，有險灘處處的三峽，因此使人在心理上有遠在天邊的感覺。首句「春日在天涯」就是這種心理的反映，當然還有文藝誇張的成份在內。

【譯注】

春日在天涯，	明媚的春日我漂泊在天涯，
天涯日又斜。	天涯的日頭此時已經西斜。
鶯啼如有淚 ❶，	黃鶯的悲啼如果流出眼淚，
為濕最高花 ❷。	就用來灑濕樹梢最高的花。

❶ 啼：鳴啼與啼哭二意兼而有之。

❷ 最高花：樹頂上開到最後快將謝了的花。

【賞析】

此詩沒有一個難懂的字，表面看起來十分淺顯，但卻蘊含十分豐富的內涵，展示了圓熟的詩歌技巧。

第一、二句中使用了頂真（或稱「頂針」）的修辭手法，即用前文的結尾（詞或句子）作為後文的開頭，使語句遞接緊湊而生動暢達。後文的「天涯」遞接前文的「天涯」，但意思並不相同，前者意為「天涯海角」，指地方的遠，後者指「天際」；兩句中還重複了「日」字，但上句的「日」指時間，與春相連構成詞，乃指春天，後一個「日」獨立表達一個意思，指太陽。所以儘管十個字中有六個字重複出現，但並不累贅，反覺迴環往復，韻味無窮，顯示了中國語言獨有的魅力。

此兩句說春光明媚理應是一個歡悅的季節，但自己卻是天涯的羈旅，又值夕陽西下，暮靄沉沉，無限的身世之感都浮上心頭。

三、四句運用了曲喻，鶯啼婉轉，本來是十分悅耳的，但對飄泊天涯的斷腸人來說，卻覺得這鳴囀是在哭泣。既然是哭泣，不免有眼淚；

有眼淚，沾濕枝梢的花乃順理成章之事了。從哭泣推出有眼淚，再推出能濕潤其他物體，這就是曲喻，是從聽覺（鶯啼）、視覺（淚）再到觸覺（濕）的轉移，所以曲喻亦稱移覺法，是以聯想為基礎並作為線索來貫串起來的。

此兩句含意深永，「為濕最高花」的「最高花」是指枝梢上的花朵，也是開到最後的花朵，意味着已是春暮，春行將歸去，青春也快逝去，美好的事物瀕臨消亡。這裏的鶯，就是詩人的化身，他為世間美好的事物不能久長，終將毀滅而難過。結合首兩句，可以看出這與詩人的不幸命運與黯淡心情緊密相連。

從以上的賞析可以明白一個道理，一首詩必須一個字一個字地咀嚼，看看作品的內涵及其用什麼方式來表現。

憶梅

【題解】

　　這是李商隱在梓州柳仲郢幕府時的作品，可能作於大中九年（公元855 年），這時他已在蜀川居住了三四年，從首句「定定」之詞顯示已逗留相當時日。

　　詩寫的是梅花，實是抒發濃濃的思鄉之情，同時亦宣洩身世之悲。

　　憶梅，回憶北方家鄉的梅花。

【譯注】

定定住天涯 ❶，　　　　　　　　長期不動地滯留在天涯，

依依向物華❷。　　　　　　依依不捨嚮往春日繁華。

寒梅最堪恨❸，　　　　　　寒冬的梅花最令人怨恨，

常作去年花❹。　　　　　　它總是在頭一年就開花。

❶　定定：牢牢地固定在一處。

❷　向：嚮往。物華：春日的美好景物。

❸　堪恨：可恨。

❹　去年花：梅花在南方是冬天（十一、十二月）開放的。但在北方常常是春天才開放，所以對北方人的李商隱來說，蜀地的梅花乃是「去年花」—— 即提前在頭一年開的花。

【賞析】

　　首句「定定」這個俚語的疊詞用得很好，寫出詩人滯留異鄉不得歸去的無奈情態與意緒。次句寫詩人並未被無奈的情緒所壓倒，他還是對面前春天美好的景物充滿依戀之情。也許是春天的百花爭豔的熱鬧景象使詩人淒冷枯寂的心溫暖起來，得到慰藉。但是思鄉的念頭始終無法揮去，在似錦的萬花叢中他獨獨見不到梅花，家鄉的梅花這時應該是與眾芳爭豔的時候，而在這裏卻提前於去年開放，現在已經凋謝，並消失得無影無蹤了。他想念故鄉的梅花，同時念及自己也與眼前不是在春天開放的梅花一樣 —— 不能適時一展抱負，身世之悲油然而生。

　　這首小詩，短短二十個字，在意旨上卻幾經轉折，一氣呵成，看不出銜接的痕跡。整首詩顯得活潑不滯，顯示出詩人章法佈局上的功力。

早起

【題解】

這首詩與《天涯》可能寫於同時期，其中亦寫鶯和花，儘管表達的意旨有某些相似之處，但由於心情有異，寫時採取的角度和表現手法不同，因而效果自然有別。

【譯注】

風露澹清晨 ❶，　　　　　　　微風白露靜謐的清晨，
簾間獨起人 ❷。　　　　　　　門簾間獨自起身的人。

鶯花啼又笑 ❸，　　　　　黃鶯鳴囀花兒開口笑，

畢竟是誰春？　　　　　　這究竟屬於誰人的春？

❶　澹：恬靜，此處當動詞用，使變得恬靜。

❷　獨起人：作者自指。

❸　笑：指花開放。此句按正常語法應為「鶯啼花又笑」。

【賞析】

　　此詩首句寫一個微風輕吹、白露綴在樹葉與花朵上、氣氛恬靜的清晨，遠客在異鄉的詩人獨自起牀站在門簾間觀賞室外的風景。他聽到黃鶯的鳴囀，看到枝上花朵展露笑容，但由於詩人心情不佳（因不得志，流落天涯），所以美景當前，也引不起觀賞的興趣，春不屬於他，因而發出「畢竟是誰春」的感歎。

　　本詩不用強烈的字眼（如《天涯》用「啼」、「淚」）抒發內心的悲愴，而是用良辰美景、鳥語花笑的環境，襯托內心的孤獨寂寞。末句更用反問句點出明媚春光與自己無份，以顯示他人都比自己幸福，自己是天下至不幸的人。所以其悲痛之情並不下於《天涯》，這必須深入細細體會才能感受得到。屈復說：「言如此鶯花非我之有，其困厄可不言而喻。」

韓冬郎即席為詩相送，一座盡驚。他日余方追吟「連宵侍坐徘徊久」之句，有老成之風，因成二絕寄酬，兼呈畏之員外。

【題解】

此篇作於唐宣宗大中十年（公元 856 年），地點是長安。大中五年（公元 851 年）十月，詩人入蜀，到梓州（今四川省三台縣），入東川節度使柳仲郢幕府任職。離開長安時，他的連襟（和他一樣娶王茂元女為妻）韓瞻（字畏之）為他餞行，韓的兒子韓偓（小名冬郎）也陪座，這年才十歲，席間作詩送行，小小的年紀，竟然寫出十分出色的詩，令舉座震驚，也給詩人留下深刻的印象。五年之後，即大中十年，詩人隨柳仲郢回長安，追吟冬郎當時寫的「連宵侍坐徘徊久」的詩句，覺得相當成熟，所以寫了這兩首絕句寄給韓冬郎，酬答他的送行詩，同時奉呈其父韓瞻閱覽。

韓冬郎（公元 852 至約 914 年以後），即韓偓，晚唐著名詩人，他的詩感情真摯，詞藻華美，宋代沈括稱讚他的詩作「極清麗」。畏之，即韓瞻。

其一

【譯注】

十歲裁詩走馬成 ❶，　　　　　　十歲作詩像走馬轉瞬間完成。

冷灰殘燭動離情 ❷。　　　　　　灰燼冷卻蠟燭燒殘牽動離情。

桐花萬里丹山路 ❸，　　　　　　遙遠的丹山路上桐花盛開時，

雛鳳清於老鳳聲 ❹。　　　　　　雛鳳鳴聲比老鳳的更為麗清。

❶　裁詩：作詩。走馬成：像駿馬疾馳，迅速完成，形容才思敏捷。

❷　冷灰：蠟燭燃燒燭芯形成的灰燼。此句乃回憶當年冬郎作詩相送的情景。席上
　　冷灰殘燭，說明夜已深還捨不得離開。

❸　桐花：梧桐開的花。相傳鳳凰棲息於梧桐樹上，以桐實為食糧。丹山：用《山
　　海經·南山經》的故事：「又東五百里曰丹穴之山。有鳥焉，其狀如雞，五彩
　　而文（有花紋），曰鳳凰。」

❹　雛鳳：幼鳳，喻韓偓。清：清麗，清脆嘹亮。老鳳：喻韓偓的父親韓瞻。這句
　　比喻新人超過舊人，年青人勝於老年人。

【賞析】

　　詩的首句開門見山頌讚韓冬郎的天才、他的敏捷的文思。次句寫他的
文思是在五年前韓瞻為詩人餞行時面對殘燭冷灰依依惜別之時即席表現出
來的。三、四句把韓偓比喻成生氣勃勃的雛鳳，他正在桐花盛開的丹山路
上引吭高歌，聲音的清麗過於老鳳遠甚。詩中不用「梧桐」而用「桐花」，

是因為梧桐花有色彩，可與鳳凰的「五彩而有紋」的羽毛相輝映，呈現韓偓燦爛的文彩，又用「萬里」顯示鳳凰展翅高飛，前程無限。倘若說「萬里」修飾「丹山路」也通，桐花盛開在萬里長的丹山路上，花團錦簇。鳳凰飛翔其上，比喻其錦繡前程。

「雛鳳清於老鳳聲」經已成為金句，而被廣泛引用，道出新事物勝過舊事物的自然法則，其意與「青出於藍而勝於藍」、「長江後浪推前浪」近似，但它開闢了新的比喻領域（前兩者以染料及波浪為喻，均屬視覺形象，此句以鳳聲為喻，屬聽覺形象）而進入中國語言的寶庫。

其二

【譯注】

劍棧風檣各苦辛 ❶，	你行陸路我走水路歷苦辛，
別時冬雪到時春 ❷。	別時冬天下雪回來已陽春。
為憑何遜休聯句 ❸，	請年少的何遜休提聯句事，
瘦盡東陽姓沈人 ❹。	東陽的沈約已然體衰才盡。

作者自注：沈東陽約嘗謂遜曰：「吾讀卿詩，一日三復，終未能到。」余雖無東陽之才，而有東陽之瘦矣。

❶ 劍棧：劍閣的棧道，在今四川省劍閣縣東北大劍山、小劍山之間，是陝西到四川的主要通道。這是一條在懸崖絕壁上鑿孔支架木樁，鋪上木板而成的狹窄道路，所以叫棧道。風檣：風帆（船帆需要借助風力才能前進，故稱）、桅杆（船上掛帆的杆子），這裏借代帆船。這句是說詩人從陸路去四川，而韓瞻從水路

去果州（治所在今四川省南充縣北），一路上都十分辛苦。

❷ 到時春：五年後詩人回到長安時是春天。

❸ 憑：請。何遜：南朝梁天才詩人，八歲能賦詩，其詩甚得杜甫的推許。聯句：舊時作詩方式之一，初時由兩人或多人輪流相繼各作若干句，而後聯綴成篇。後來較習用的是一人出上句，續者須對成一聯，再出上句，輪流相繼。何遜集中有《范廣州（雲）宅聯句》一詩：「洛陽城東西，卻作今年別。昔去雪如花，今來花似雪。」所寫情景與第二句的「別時冬雪到時春」近似。此句以何遜喻韓偓，說請他不要再賦詩聯句。

❹ 瘦盡：瘦到極點。姓沈人：即沈約。此句用南朝梁文學家沈約的故事。他曾任東陽（郡名，治所在今浙江省金華縣）太守（郡的最高行政長官），在當時的文壇和政壇有崇高的地位，是何遜的前輩，他十分欣賞何遜，當面詩獎何遜說：「吾讀卿詩，一日三復，猶未能已。」（《南史·何遜傳》，引文與李商隱的自注略有出入，意思相同。）又，沈約鬱鬱不得志，致函好友說自己老病，「百日數旬，革帶常應移孔。」（《南史·沈約傳》）因為日漸消瘦，腰圍清減，皮帶的孔要經常移動。此句以沈約喻己，與上句合起來是說身體日衰，才思已盡，已經沒有與韓偓作詩聯句，即非其敵手之意。

【賞析】

這首詩在章法上與前首相同，都是前兩句寫以往，後兩句寫當前。寫當前重點是在讚揚韓偓的才華橫溢，前兩句敘事與抒情雜糅，以表現作者與韓瞻父子感情的深篤。後兩句表述得比較間接，它是透過典故來顯示。兩首在典故用法上又相異，前者用神話傳說，後者用歷史故事。前者色彩絢麗，想像豐富；後者內容平實，意味深長。

從李商隱對韓偓的推崇備至說明了他眼光獨到，並非無原則的對親戚兒子吹捧，韓偓後來果然成為著名的詩人可以為證。同時也說明了李商隱對人才的愛護，並不因為他是後輩而輕視之。他在前首之中說韓偓超越其父，後首又說自己比韓偓相差遠甚，詩由用沈約與何遜比喻自己和韓偓，史書中只說沈約讚揚何遜詩，而李商隱則更進一步說自己不如韓偓，給此典故注入新的血液，於是典故便復活了。

柳

【題解】

李商隱喜歡詠牡丹、詠荷花，但最愛詠的則非柳樹莫屬，在現存作品中，以柳為題的詩歌就有十二首之多，至於在詩中涉及柳的更是不計其數。詩人在柳樹的意象中滲入了自己的情思，常有很深的寓意。

詩的寫作年代不詳，不過從詩中表現出的頹喪的情緒來看，可能是妻亡故後的後期詩作。

【譯注】

曾逐東風拂舞筵 ❶，　　　　　　曾經追隨東風飄拂着舞筵，

樂遊春苑斷腸天 ❷。　　　　　　樂遊苑上醉人的春色無邊。

如何肯到清秋日 ❸，　　　　　　怎麼能甘心到清冷的秋日，

已帶斜陽又帶蟬。　　　　　　　樹身映着斜陽又伴着鳴蟬。

❶　逐：追。東風：春風。拂：柳條飄拂。

❷　樂遊春苑：春天的樂遊苑。樂遊苑，即樂遊原，在長安城南，地勢高，視野寬
　　闊，登原可以瞭望長安全城。陽春三月，苑中柳條在春風中輕拂，給到此遊賞
　　宴吟的遊人助興。斷腸：可用來形容人十分悲傷，亦可用來形容人欣喜至極。

❸　肯：甘心情願。

【賞析】

　　此詩的首句寫婀娜的柳枝在和煦春風中飄拂的美態，本來柳枝是被
春風吹動的，而作者用「逐」字化被動為主動，說柳條追隨春風飄拂，就
使得柳樹變成有生命的物體了。次句轉換角度，從人的感受表現柳樹點綴
的春光的明媚，萬物都因柳樹的存在而充滿蓬勃的生機。三、四句急轉直
下，原來好景不常，清冷的秋日來臨，柳枝由翠綠變為枯黃，陪伴着它的
已不是筵會上人們的輕歌曼舞和遊苑時仕女的吟吟笑語，而是一抹黯淡的
夕照與淒慘的蟬鳴。盛衰榮枯，原來都只在一剎那之間。這也許是詩人透
過柳樹的命運所要抒發的哲理情思吧。

　　除此之外，結合詩人的身世，與柳樹的遭際也有相似之處。他少年時
期已表現出驕人的才華，並得到令狐楚的賞識，二十五歲中進士，正是前
程錦繡，躊躇滿志，就像在春風中依搖的柳樹，豈知世事多變，他不久就
陷入牛李的黨爭漩渦之中，屢遭遷徙，壯志難酬，鬱鬱後半生，有如清秋
衰颯的柳枝。託物寓意，配合得天衣無縫。

不能不提一提的是，詩人愛柳，可能與曾跟一位名叫柳枝的女子有過一段令他傷心欲絕的愛情有關，那位女子正值荳蔻年華，就被軍閥強娶去為姬妾，精神肉體倍受蹂躪，迅速變成殘花敗柳，此事給予詩人的創傷太深，爾今目睹柳枝，潛意識中浮現其人其事，發而為詩，實屬自然。所以我們也可以將此詩視為柳枝一生的寫照。請參看本書中的《柳枝五首》，以加深對此詩的理解。

　　讀李商隱的詩，一定要從多層面去理解，發掘其內涵，欣賞其技巧，萬萬不可淺嚐即止。

無題

【 題 解 】

　　這首詩意旨朦朧深曲，不少研究者認為它表面上寫愛情，實際上是有所寄託。有人說是為感謝知遇而作；有人認為是對光陰難駐，一生無所作為的慨歎；有人主張是表達了姦邪當道，朝廷昏暗，自己忠誠無法上達天庭的痛苦。眾說紛紜，莫衷一是。

　　上述的種種說法由於欠缺充足的資料來佐證，說服力不足。因此我們還是從詩歌本身的字面含意，把它看成是描寫愛情失意與離別痛苦的詩。由於詩人的這段愛情有難言之隱，因而以隱晦曲折的手法表現之。

【譯注】

相見時難別亦難，　　　　　相見不易分離更是難堪，
東風無力百花殘 ❶。　　　　東風吹拂無力百花凋殘。
春蠶到死絲方盡 ❷，　　　　春蠶臨到死時絲才吐盡，
蠟炬成灰淚始乾 ❸。　　　　燭芯成了灰蠟淚方流乾。
曉鏡但愁雲鬢改 ❹，　　　　清晨照鏡只怕青春逝去，
夜吟應覺月光寒 ❺。　　　　夜晚吟詩覺得月光淒寒。
蓬山此去無多路 ❻，　　　　蓬萊山離開這裏不算遠，
青鳥殷勤為探看 ❼。　　　　盼青鳥殷勤地為我探看。

❶ 東風：春風。春風勁吹，草木繁盛；至暮春，春風已是強弩之末，無力勁吹，
　因此草木凋殘。有人解釋此句為「春風無力保護百花不凋謝，似有人間美好的
　事物不可長久存在之意。」

❷ 絲方盡：思念才盡。絲，和「思」諧音。

❸ 蠟炬：蠟燭。灰：指蠟燭的芯燒成的灰燼。淚：蠟燭燃燒時流下的蠟燭油。

❹ 曉鏡：清晨妝扮時照鏡。鏡，照鏡，當動詞用。雲鬢改：雲鬢變白而稀疏，即
　青春消逝。雲鬢，濃密烏黑的鬢髮，形容鬢髮美麗。

❺ 吟：吟詩。

❻ 蓬山：蓬萊山的簡稱。傳說中海上的仙山（其餘兩座為方丈、瀛洲），都在渤
　海中，這裏指情人的居處。

❼ 青鳥：神話傳說中為西王母當信使的神鳥。後來稱傳信的使者為「青鳥」。探
　看：探望。

【賞析】

　　一般我們常說「別時容易見時難」。曹丕和曹植各有「別日何易會日難」、「別易會難，各盡杯觴」之語。這首詩的第一句更深入一層指出相見與別離對於離人來說是同樣的難堪。「相見」可以解釋為別後重逢，也可以說是別前相會。從李商隱的愛情經歷來看，可能是後者。他要自由戀愛，而在禮教重重的社會裏是不允許的，因此連相會都艱難重重，別離自然亦難分難捨了。這句話道出了詩中愛情的性質。第二句可理解為離別時淒愁的景象：暮春時節，花謝花飛，紅銷香斷，與詩人為離別而斷腸的心緒相配合，達到情景交融的境界。還可能隱含有自己像東風無力護花，使得花兒（指情人）凋殘的慨歎！

　　第三句化用樂府《西曲歌‧作蠶絲》的「春蠶應不老，晝夜常懷絲。何惜微軀盡，纏綿自有時」的詩意。用春蠶到死才盡吐繭絲象徵自己永恒的相思，「絲」和「思」諧音，使得「思」具有了綿綿不絕的具體形象。第四句用燭芯燒成灰蠟淚才流乾象徵自己思念的痛苦將永生永世，直至死亡。兩句用象徵手法塑造了天荒地老至死不渝的愛情形象。

　　第五、六句轉換角度來寫。詩人設想情人此時的處境和心情，充分表現對她的關心與愛護的體貼入微。

　　最後兩句詩人自我寬解說，對方住在仙山上，看起來很遠，其實並沒有多少路，因為正如詩人在另一首無題詩中所說：「心有靈犀一點通」嘛。他還希望能夠有青鳥傳書，傳去他日日夜夜對情人的無盡思念。

　　把這首詩與下一首《暮秋獨遊曲江》中的「深知身在情長在」等句對照來讀，當會對詩人的情感哲學有更深層的理解。

　　這首詩可與女詩人舒非的《蠶絲》結合來讀，她是在李商隱的啟發下寫成的。其中「萬縷千絲／由米粒般小口嘔出／纏綿細膩／一一牽扯自心底／若拉長／應是無極無限／宇宙才可比擬」，亦是以象徵手法描繪出蠶絲所蘊含的巨大的感情形象，給「春蠶到死絲方盡」作了極佳的箋釋。

暮秋獨遊曲江

【題解】

唐宣宗大中十年（公元 856 年），梓州刺史柳仲郢調回京師任職，李商隱亦返回長安在柳氏手下做事。暮秋的某一天，他獨遊曲江，看到凋殘的荷葉，感觸良多，遂寫下了這首情意深長並富有哲理意味的詩。

有人說此詩是傷悼亡妻，也有人說乃傷悼情人，但詩中看不出具體追悼何人的痕跡，因此還是把它看成被情絲纏繞了一生的詩人的內心剖白。它寫出了生命的悲情的實質，告訴人們身在情長在，因而愁恨亦不可免的哲理。

曲江，即曲江池，故址在今陝西省西安市東南。池面七里，築殿宇樓閣亭榭於岸邊，花卉環周，煙水明媚，景色絕佳。

【 譯注 】

荷葉生時春恨生 ❶，　　　　荷葉生時春恨隨之而生，
荷葉枯時秋恨成。　　　　　　荷葉枯時秋恨隨之而成。
深知身在情長在 ❷，　　　　深深知道身在情必長在，
悵望江頭江水聲。　　　　　　惆悵望着江頭聽江水聲。

❶　春恨：春天的愁恨。

❷　身在：指人活着。

【 賞析 】

　　首兩句說荷葉春天始生時一片嫩綠，活力四射，但愁恨已隨之而生。因為它已埋下衰亡的種子；等到暮秋荷葉枯萎，生機盡失，愁恨也隨而加深 —— 成熟了。詩人以此形象地描寫生命的無常。萬物的生與死、興盛與衰亡都是相對的。生中有死，興盛中有衰亡，而且後者必將替代前者，因而「恨」是人生的主調。荷葉初生時有恨，荷葉枯萎時亦有恨。恨是永恆的。

　　末兩句是說萬物之所以產生恨是由於人的有情，而這個情是隨「身在」而存在的，因而人想擺脫恨是不可能的。在蒼茫的暮色中，詩人凝望江頭，聽到江水的嗚咽，益覺惆悵莫名。

　　這首詩共二十八字，但有十二個字重複。前兩句十四字，竟有八個字重複，後兩句也有四個字重複。在近體詩中，最忌字眼重複，連意思重複的字都盡量避免，但李商隱為了內容表達的需要，不甘心被形式束縛，他繼承了樂府民歌的傳統，不避重複，在這方面取得了極大的成功（在作品

中，他經常使用此手法，如《贈司勳杜十三員外》中的「杜牧司勳字牧之，清秋一首杜秋詩」等），成為他最擅用的表現手法。每次使用，都能達到音韻和婉，具有迴環往復的效果，首兩句已經成為難以逾越的經典。

讀這首詩時要注意到，詩中表現的情緒是十分低沉，近乎絕望的，它會使人覺得人生一片灰色，失去奮鬥的動力。我們要把興亡、生死、消長的交替看成是一種新陳代謝、社會邁向進步的法則，歡呼新生，接受死亡，才是正確的人生態度。

隋宮二首

【題解】

　　唐宣宗大中十一年（公元857年），李商隱在柳仲郢幕府任鹽鐵推官，治所在揚州。在那裏，他看到歷史上有名的荒淫的君主隋煬帝楊廣遊覽時以民脂民膏建造的豪華行宮，結合晚唐昏暗混亂的社會現象，感觸良多，寫下此詩。

　　隋宮，即隋煬帝楊廣在江都（今江蘇省揚州市）建造的行宮。隋煬帝楊廣在大業元年（公元605年）開鑿了大運河通濟渠，從東都洛陽（今河南省洛陽市）西苑可以乘舟直達江都。隋煬帝在通濟渠兩岸建造了行宮四十餘所，僅江都即有十座，而且最為壯麗，後來隋煬帝就被宇文化及誅殺於江都宮中。

　　此詩所寫乃大業十二年（公元616年）隋煬帝第三次南遊的情景。

其一

【譯注】

乘興南遊不戒嚴 ❶，　　　　　　　乘遊興南遊江都並不戒嚴，
九重誰省諫書函 ❷？　　　　　　　皇帝怎會理會臣下的諫函？
春風舉國裁宮錦 ❸，　　　　　　　春風飄蕩全國都裁剪宮錦，
半作障泥半作帆 ❹。　　　　　　　一半用作馬韉一半作船帆。

❶ 不戒嚴：古時君主出行要戒嚴，這裏說不戒嚴是說隋煬帝自以為天下太平，不
需要戒備。

❷ 九重：皇帝的居處。宮門有九重（層），這裏指隋煬帝。省：檢查自己的思想
行為。諫書函：以函（套）封的諫書（規勸君主的信）。此句是說皇帝不聽大
臣不要南遊的勸諫。據史書載，當時有將軍趙才諫，帝大怒，被逮捕法辦；建
節尉任京與奉信郎崔民、王愛仁等先後上諫，均被殺。

❸ 宮錦：指按宮廷規格織成的精美錦緞。

❹ 障泥：馬韉，因墊在馬鞍下面，垂於馬背旁以擋泥土，故稱。

【賞析】

　　這首詩首兩句就開門見山透過具體的事實把隋煬帝這位暴君的性格
托盤而出。第一句「乘興南遊」，寫貪圖享樂，興之所至，想怎麼做，就
怎麼做。不戒嚴，是說他對形勢毫不認識，以為天下太平，實際上是民怨
沸騰，他是坐在火山口上面而不自知。第二句顯示他的剛愎自用，不聽忠

諫。從大業元年到十二年（公元 605 至 616 年），隋煬帝三次下江都，為了遊覽江南風光，他耗費了大量的財力物力，先後役使數百萬人開鑿了大運河，同時在江都建造了豪華的行宮，民不堪命，民間已顯露叛亂的預兆。大臣死命相諫，以「盜賊充斥」、「盜賊日盛」（所謂盜賊大多是被逼上梁山的平民百姓），勸他回西京，但全都被誅殺。從此還有誰敢諫？

三、四句寫在春日，舉國上下奉命織造宮錦，作為楊廣南遊之用，兩句所寫內容自然有渲染誇張的成份，但並非毫無事實根據的想像，首先以錦為障泥是實有其事，《西京雜記》就有漢武帝以綠地五色錦為蔽泥的記載，否則誇張就成為謊言。「半作帆」亦非憑空造出。《開河記》載：「龍舟既成，泛江沿海而下。……時舳艫（船隻）相繼，銜接千里，自大梁（今河南省開封市）至淮口（淮河口），聯綿不絕，錦帆過處，香聞百里。」誇張的目的是為了達到藝術的真實，揭示隋煬帝的窮奢極侈。

<h1 style="text-align:center">其二</h1>

【譯注】

紫泉宮殿鎖煙霞 ❶，	長安的宮殿空鎖絢爛煙霞，
欲取蕪城作帝家 ❷。	卻要取江都作為帝王之家。
玉璽不緣歸日角 ❸，	倘若不是玉璽歸李淵所有，
錦帆應是到天涯 ❹。	煬帝的錦帆定會遊遍天涯。
於今腐草無螢火 ❺，	如今腐爛的草叢不見螢火，
終古垂楊有暮鴉 ❻。	終古隋堤的垂楊棲息暮鴉。
地下若逢陳後主，	他如果在地下遇到陳後主，
豈宜重問《後庭花》 ❼！	怎麼好再問起《玉樹後庭花》！

❶ 紫泉：即紫淵，因唐高祖名李淵，為了避諱而改。漢代文學家司馬相如《上林賦》描寫京都長安的上林苑是「丹水亘（橫貫）其南，紫淵徑（直穿）其北」。紫泉宮殿借代隋朝京都長安的宮殿。這句是說長安的宮殿被煙霞所封鎖（籠罩）。

❷ 蕪城：即廣陵，亦即江都（揚州）。作帝家：作新的帝都。

❸ 玉璽：皇帝用的印，用玉作材料。這裏象徵政權。不緣：不是因為。日角：前額隆起，圓滿如日，稱為日角，古人相術，認為這是帝王相。史書記載漢高祖劉邦「日角龍庭」，又說漢光武帝劉秀「隆準（高鼻子）日角」，這裏日角指唐高祖李淵。「玉璽不緣」，是倒裝句，如果按照正常句法，應寫為「不緣玉璽」。

❹ 錦帆：錦緞製成的船帆。這裏借代隋煬帝南遊的龍舟。此句與上句連起來是說如果不是因為唐高祖李淵奪取天下，那麼隋煬帝的龍舟一定會抵達天涯（最遠的地方）。

❺ 腐草無螢火：古代有「腐草為螢」的說法，認為螢火蟲是腐草變成的。據說隋煬帝曾在洛陽景華宮派人廣搜螢火蟲，得數斛（斛是古代的計量單位，一斛十斗），夜晚出遊時把牠們放出，光亮遍照山谷。這句是說螢火蟲被抓光了、絕跡了。

❻ 終古：久遠以來，指隋亡以來。垂楊：楊廣開運河，沿河築御道，種植柳樹，後人稱隋堤。他喜歡柳樹，御筆題賜垂柳姓楊，叫楊柳。這句是說隋亡之後，隋堤上只剩留垂楊和日暮棲息的烏鴉，極言隋宮的荒涼。

❼ 陳後主：即陳叔寶，南朝陳末代皇帝（公元 582 至 589 年在位），期間生活侈靡，日日遊宴逸樂，曾為舞曲《玉樹後庭花》製作豔詞，描述宮廷的荒淫生活，據說隋煬帝在江都吳公宅雞臺於醉夢恍惚中遇陳後主並請後主的寵妃張麗華舞《玉樹後庭花》。末兩句是說隋煬帝與陳後主都是亡國之君，死後在地下重遇，恐怕不好意思再提起《後庭花》的事吧。

【賞析】

這兩首《隋宮》，題材相同，但表達的旨意有異，前首重點在描述隋煬帝奢侈無度，把搜刮來的民脂民膏用於盡情享受；此首重點在揭示荒淫的暴君的必然下場，二者互為因果，有緊密的內在聯繫。

此首詩首兩句是說隋煬帝將形勝之地的長安宮殿棄置不用，而在江都大造行宮，準備造新的都城。詩人在第二句中不用江都、廣陵而用蕪城，是為了內容表達的需要。南朝宋文帝元嘉二十七年（公元 450 年）和宋孝武帝大明三年（公元 459 年），該城曾兩遭兵燹，使之遭到嚴重破壞，城市變得荒蕪殘破，後來詩人鮑照登廣陵故城，四顧蕭條，愴然滿懷，作《蕪城賦》發抒感慨。可見「蕪城」是和「鎖煙霞」的長安相對照的，楊廣捨壯麗的長安宮殿而欲在屢遭兵燹的荒蕪之城江都建造新的帝王之家，可見這位暴君行事的橫逆。

三、四句表層意思是說倘若不是因為政權為李淵所奪，隋煬帝一定會無休止地遊玩下去，內涵是說正是因為隋煬帝的只知遊玩，不理政事，才使得李淵有機會取得皇權。「錦帆應是到天涯」概括了昏君的一切倒行逆施，並不專指南遊一事。詩的語言是凝練的，它一定要選取最具代表性的事情來寫，以達致特殊與一般的統一。

有感

【題解】

在古代，中國有才能的知識分子在致君澤民的儒家傳統思想的影響之下，都想有所作為，但由於政治黑暗，他們的抱負往往難於實現，理想往往破滅。李商隱仕途蹭蹬，坎坷終身，他通過自己的遭際（也根據他人的經歷），寫下詩中「古來才命兩相妨」的名句。

【譯注】

中路因循我所長 ❶，　　　　　人生途中不進取是我所長，

古來才命兩相妨 ❷。　　　　　自古以來才和命總是相妨。

勸君莫強安蛇足 ❸，　　　　　　奉勸諸君勿勉強畫蛇添足，

一盞芳醪不得嘗 ❹。　　　　　　以致一杯美酒都不得品嚐。

❶　因循：沿襲舊習，不思改革，不求進取。

❷　才命：才能與命運。相妨：相剋，就是說有才能的人命運總是不好。

❸　安蛇足：即「畫蛇添足」，用《戰國策‧齊策》裏的故事，楚國有人在祠堂請

　　門客飲酒一卮（酒器名），不夠這麼些人喝，有人提議說，誰先畫好一條蛇誰

　　先喝。有一個先畫成，得意洋洋地還在蛇身上畫足，另外一個人後畫成，他搶

　　過那卮酒說，蛇本來無足，你怎麼可以畫足？於是飲酒。後來用「畫蛇添足」

　　比喻做多餘而無益的事。

❹　芳醪：芳香的美酒。醪，味道香醇的美酒。

【賞析】

　　「古來才命兩相妨」喊出了古代才華橫溢的知識分子內心的不平，有

才者不被重用、鬱鬱終生，無才者飛黃騰達，總交好運。詩人在「才命

兩相妨」之前加上「古來」二字，說明此一現象的普遍性與永恒性。在無

可奈何之際，詩人只有安天樂命，隨遇而安，不再有所強求，這是自我安

慰，表現出難以排遣的無奈感。

　　最後兩句道出如果強求，有如畫蛇添足，是無益而多餘的，是自尋煩

惱的，這樣做的結果是連一杯美酒都嚐不到，何苦來哉？

樂遊原二首

【題解】

　　這兩首詩的頭一首是一首膾炙人口的作品，末兩句更為人所傳誦。

　　從詩中表現出的對夕陽依戀情緒來看，此詩可能寫於晚年。一說為晚年從東川（治所在今四川省三台縣）返長安時作。一天傍晚，詩人感到心中不適，便驅車登上樂遊原，以排遣鬱悶之情，看到夕陽，有無限的感慨，寫下了此詩。

　　樂遊原，古地名，一名樂遊苑，漢宣帝（公元前 74 至前 48 年在位）時建造，在今陝西省西安城南，大雁塔東北，唐時在長安城內，地勢高，視野廣闊，每逢節日，長安仕女常來此遊覽。

<h1>其一</h1>

<h2>【譯注】</h2>

向晚意不適 ❶，	傍晚時心情不舒適，
驅車登古原 ❷。	我乘車登上了古原。
夕陽無限好，	夕陽斜照無限美好，
只是近黃昏。	只可惜已接近黃昏。

❶ 向晚：接近晚上，即傍晚。向，接近。意：情意。不適：不愉快，不舒暢。

❷ 古原：因樂遊原是漢宣帝時建造，故稱。

<h2>【賞析】</h2>

一首好詩，總是給人廣闊的想像空間，讓讀者自由馳騁，其中呈現出極大的多向性與朦朧性。這首詩正是如此。儘管人們喜愛此詩是一致的；但為什麼喜愛，以及喜愛的原因卻存在極大的分歧。

詩的第一句寫登古原的原因，次句寫登臨之處，第三句寫所見景色，第四句寫見景生情引起的感慨。

問題出在詩人沒有點明為什麼心境「不適」，以及為什麼面對無限好的夕陽會有「只是近黃昏」的感喟。正由於他對上述兩項沒有具體的敘述，於是一千多年來注家有種種不同的解釋。

「不適」，是不是因為一生仕途坎坷，愛妻早逝，黃昏時感到孤寂鬱悶？面對夕陽，他是否聯想到自己已近遲暮，聯想到唐朝的命運行將淪

亡？人們在讀詩時，還可以根據自己的理解加上其他的聯想，使得短短的四句詩具有了無限豐繁的內涵。在這裏「夕陽」只是一個象徵。

徐志摩在《再別康橋》中用「那河畔的金柳，是夕陽中的新娘」，寫自己被沐浴在似血的夕陽光輝之中的美景所陶醉的心境，《樂遊原》卻是想到此美景不會久長，它行將消逝於漫漫長夜，於是不勝悵惘。這種情緒的轉折使得此詩波瀾起伏，留下無窮的韻味。最為難得的是這首詩雖然內容如此繁豐，但卻以明白如話的語言寫出，沒有高超的表現技巧是無法臻此境界的。

朱自清不同意李商隱的消極情緒，他有詩云：「但得夕陽無限好，何須惆悵近黃昏。」

其二

【譯注】

萬樹鳴蟬隔岸紅 ❶，	萬樹叢中蟬鳴隔岸晚照紅，
樂遊原上有西風。	樂遊原上有陣陣西風傳送。
羲和自趁虞泉宿 ❷，	羲和自己駕車往虞泉投宿，
不放斜陽更向東 ❸。	不放手讓夕陽更奔馳向東。

❶ 紅：夕陽血紅的光色。隔岸紅：一作「隔斷虹」，可解釋為隔着斷橋（傳來無數鳴蟬聲）。虹，橋，古代橋多虹形，故虹橋常連用。

❷ 羲和：神話傳說中駕日車的神，他駕六條龍拉的車子載太陽在天空運行。自趁：自己前往。趁，往。虞泉：即虞淵，唐人因避唐高祖李淵諱，改作虞泉。神話中日落的地方，也叫隅谷。

❸ 更向東：是說羲和駕車到了虞泉之後又繼續迴轉向東運行。

【賞析】

　　這首詩寫的夕陽籠罩下的高原景色比上首具體多了。上首只說「夕陽無限好」，至於怎麼好法，就完全讓讀者自己去想像。這首卻不然，他寫了綠色的樹叢，寫了吱吱的蟬鳴、血紅的晚照，還寫了陣陣的西風，此外又馳騁想像，利用神話寫日的運轉不息。有人說這首詩的寓意與前首相同，都是慨歎唐室衰微，不能重振，我則認為有異，此首境界相當開朗，並無對遲暮衰微的吁歎，與前首當寫於不同時間，是不同心境與情緒下的作品。

錦瑟

【題解】

從本詩第二句「一弦一柱思華年（盛年）」句可以看出，這首詩寫於晚年，有學者訂為大中十二年（公元 858 年），那時詩人四十七歲，於同年病逝。

這首詩是中國詩史上最難懂、最多人詮釋的傑作，據初旭統計：自《錦瑟》面世二百一十年後宋劉攽的《中山詩話》第一次論述開始，宋明期間箋釋和論述它的，就有二十五家之多；清初至「五四」三百年間，箋釋的有六十多家；直到現代、當代，《錦瑟》的研究文字，更是不計其數。但是迄今仍然沒有一個解釋被公認為是最正確的，難怪古人有「一篇《錦瑟》解人難」之歎。這是由於本詩使用象徵、比興等藝術手法表現繁豐多元的內容所致。

儘管這首詩有數不盡的學者作箋釋評述，但主要的說法有三種：一是悼亡說，認為此詩是詩人哀悼亡妻之作；二是自傷說，認為此詩是詩人自傷懷才不遇、坎坷多蹇的平生；三是豔情說，認為錦瑟是令狐家的婢女或是宮女送給他的紀念品，詠錦瑟寄託了詩人深濃的情意。

　　我認為這首詩是李商隱追念自己悲劇的一生，其中包括政治理想的挫折與愛情生活的種種不幸。

　　本詩所詠內容與錦瑟無關，它是以錦瑟起興，又是詩的首兩字，故以為名，實際上是首無題詩。

【譯注】

錦瑟無端五十弦 ❶，	錦瑟為何無端有五十條弦
一弦一柱思華年 ❷。	一柱一弦使人思念起華年。
莊生曉夢迷蝴蝶 ❸，	莊周在曉夢中變成了蝴蝶，
望帝春心託杜鵑 ❹。	望帝把春心寄託給予杜鵑。
滄海月明珠有淚 ❺，	明月映大海鮫人珠淚漣漣
藍田日暖玉生煙 ❻。	暖日耀藍田美玉升起雲煙。
此情可待成追憶 ❼，	此情懷何須等追憶才生成，
只是當時已惘然 ❽。	就在當時已使人感到惘然。

❶　錦瑟：其上繪有美麗花紋的瑟。瑟，古代一種撥弦樂器。原來有五十根弦，後來改為二十五弦。無端：沒有來由，無緣無故。詩人這時四十七歲，已近五十，所以用錦瑟的五十弦起興，說自己虛度年華，匆匆已近暮年。

❷　柱：撥弦樂器上架弦的小木柱（亦稱「碼子」），橋形，立在瑟箏等的面板上，一柱架一弦，定弦時可左右移動以調節音高，彈奏時將弦的振動傳導至音箱，

使樂音變得優美，音量得到增強。思：追懷。華年：青春美好的年華，

❸ 莊生：莊周，莊子。戰國時著名哲學家、道家創始人之一。曉夢：天剛亮時候的夢，說明夢境還歷歷在目。迷蝴蝶：《莊子‧齊物論》中云，莊周曾經夢見自己變成彩蝶，自由自在地於花叢翩翩飛舞，忘記了自身是莊周。夢酣時突然醒覺，驚異地發現自己實實在在不是蝴蝶而是莊周，他感到迷惑，究竟一剎那前自己在夢中變為蝴蝶，還是蝴蝶現在夢中變為莊周呢？莊周這一寓言的主旨為人與物本有分，而現在卻分都分不清誰是誰。一切事物都是相對的。李商隱用此典來形容青春往事依稀，如夢似幻。

❹ 望帝：相傳古蜀國君主，名杜宇，號望帝，後歸隱，死後靈魂化為杜鵑鳥，暮春啼叫，其聲淒厲，充滿怨恨。人們常用「杜鵑泣血」（悲啼以至吐血）形容悲憤之甚。春心：關愛眷戀春天的心情。春天象徵美好的理想。這句是說，自己所關愛的理想未能實現，只能像望帝變成杜鵑那樣不斷悲啼，寄託哀思，說明自己至死不渝。

❺ 滄海：大海，因海水深而呈青蒼色，故稱大海為滄海。月明珠有淚：傳說南海外有鮫人（人魚），居水中，哭泣時眼淚變成滿盤珍珠。一說大海之中生蚌蛤，蚌蛤的虛實與月的盈虧相呼應。此句還可能融入「滄海遺珠」的典故，意謂海上產的蚌珠，為收採者所遺落，比喻被埋沒的人才或珍品，這句象徵自己在人生道路上遭受重重挫折以及內心的痛苦。

❻ 藍田：山名，在今陝西省藍田縣東南，盛產玉，故又名玉山。日暖玉生煙：相傳玉埋藏地下，在陽光照耀下，上空會出現煙雲。唐代詩人戴叔倫云：「詩家之景如藍田日暖，良玉生煙，可望而不可置於眉睫之前也。」這句化用戴叔倫的話說自己青春年少之時的美好理想，都如過眼煙雲飄散無蹤。

❼ 此情：這種悲愴的情懷。可待：何待，豈待，何須等到。

❽ 惘然：若有所失的樣子。

【賞析】

詩的首兩句以錦瑟起興，第二句一柱一弦的樂音貫串全詩，成為全詩的主旋律，亦使全詩籠罩在音樂的空靈神祕的氣氛之中，接着四句宣洩對流逝華年的追憶與眷戀，末兩句抒寫內心怨恨的永恒性，從時間上把往昔與當前連接起來，予人以哀怨綿延不絕的印象。

象徵手法的運用，使此詩成為千古不能確解的謎。中間四句，從字面上，我們可以看到陳列的色彩繽紛的鮮活意象，感受到其中抒發的悠長不盡的縷縷愁絲，但卻無法確指其具體內容及蘊含的旨意，其真實面貌將永遠蒙蓋在一層霧紗之中，等待有心人去揭示。

錢鍾書在《談藝錄》補訂中評此詩云：「《錦瑟》一篇借比興之絕妙好詞，究風騷之甚深密旨，而一唱三歎，遺音遠籟，亦吾國此體絕群超倫者也。」

幽居冬暮

【題解】

這首詩被視為李商隱的絕筆。

唐宣宗大中十二年（公元 858 年），柳仲郢罷鹽鐵轉運使後，李商隱亦罷職，回到鄭州家中閒居，不久病逝。

此詩寫於歲末，詩人面對冬暮的一片衰颯景象，回憶一生坎坷重重，雖懷蓋世才華與凌雲壯志，但報國無門，抱負難展，一腔悲憤透過詩句宣洩出來。

幽居，隱居、閒居。冬暮，冬日的傍晚。

【譯注】

羽翼摧殘日，	振翅高飛的翅膀被摧殘之日，
郊園寂寞時 **❶**。	孤獨寂寞的居住在郊園之時。
曉雞驚樹雪 **❷**，	曉雞被樹上的雪光驚得飛起，
寒鶩守冰池 **❸**。	寒鴨困守於結着堅冰的水池。
急景倏云暮 **❹**，	冬日白晝短促倏忽間已日暮，
頹年寖已衰 **❺**。	晚年日益覺得自己老而且衰。
如何匡國分 **❻**，	我懷抱為國效勞的雄心壯志，
不與夙心期 **❼**？	卻為何平生的抱負施展無期？

❶ 郊園：城郊的家園。

❷ 曉雞：報曉的雞。此句是說曉雞因為樹上白雪的反光以為天亮受驚而飛起。

❸ 寒鶩：寒冬的鴨子。

❹ 急景：急促的時光。這裏是說冬天白晝短促。倏：倏忽，迅速。云：語助詞，無義。

❺ 頹年：同頹齡，即暮年。寖：同浸，漸漸地。

❻ 匡國：扶助國家。分：職分，職責。

❼ 夙心：即夙願，一向的心願，即報效國家的心願。

【賞析】

　　這首詩首聯與李白臨終前寫的《臨路歌》的首兩句「大鵬飛兮振八裔，中天摧兮力不濟」（大鵬展翅高飛啊振動四方，翅膀半空折斷啊無力翱翔）意思相同，都表現了古代有理想有才華的知識分子在人生道路上不

斷遭受挫折的苦悶與絕望的心情。兩句說自己羽翼遭受摧殘，無力振翅高飛，只有在郊園過孤獨寂寞的日子。

次聯以「曉雞」與「寒鶩」在冰雪中掙扎比喻自己處境的惡劣。有研究者認為此兩句另有深意：首句「意為晨雞因樹雪反照的亮光誤以為天已明而驚鳴，這是暗寓自己不忘進取的心情」；次句「意為雖處嚴寒，但鴨子仍在結有寒冰的池中游泳，借以表現自己不改其守的精神」（劉學鍇、余恕誠）。

三聯「暮」字緊扣題目，有「歲暮」、「日暮」兼「暮年」之意，當時詩人才四十六、四十七歲，這暮字含有體力精神都已衰老之意，第六句就包含此意。

末聯詩人不自禁為自己的命運鳴不平，亦喊出古代眾多知識分子悲憤的心聲：為什麼我們懷抱匡國濟世的滿腔熱情，所得到的卻是如此殘忍的回報？這個世界實在太不公平了。

道是一首直抒胸臆之作，可能是由於詩人情緒過於激動，所以一反以往用典以及精心雕琢的寫法，而是毫不修飾地吐露心曲。紀昀評這首詩「無句可摘，自然深至」，正道出這首詩的藝術特徵。形式是被內容決定的，李商隱深諳此中三昧。